Un cœur gros comme une étoile

Titre original : *What Stars Are Made Of*
Ouvrage originellement publié par Farrar Straus Giroux Books for Young Readers, une marque de Macmillan Publishing Group, LLC
120 Broadway, New York, NY 10271

Mise en pages : Pascale Darrigrand • Correction : Josselin Rieu
• Illustration de couverture : Steve Scott

1, rond-point du Général-Eisenhower, 31101 Toulouse Cedex 9, France
editionsmilan.com

Dépôt légal : avril 2021 • ISBN : 978-2-4080-1749-1

Achevé d'imprimer au 2e trimestre 2021 en Italie par Grafica Veneta
Ce livre a été imprimé sur du papier issu de forêts gérées durablement.
Plus d'informations sur la fabrication de nos livres :
editionsmilan.com/comment-fabriquons-nous-nos-livres

PEFC
PEFC/18-31-226
Certifié PEFC
Ce produit est issu de forêts gérées durablement et de sources contrôlées
www.pefc-france.org

Tu vides tes étagères et connais déjà ce livre par cœur ? Donne-le !

SARAH ALLEN

Un cœur gros comme une étoile

Traduit de l'anglais (États-Unis)
par Leslie Damant-Jeandel

MILAN

À Martine, qui a su voir l'histoire que je tenais à écrire
et qui m'a montré comment faire.

À toutes les filles comme Libby.
Ce livre vous est dédié.

LE JOUR OÙ UNE ANTI-GRINCH EST TOUT EXCITÉE

Contrairement au Grinch qui a un cœur trop petit pour aimer, je suis née avec un cœur trois fois trop gros.

Ce n'est pas une blague. Je suis une anti-Grinch, en quelque sorte.

Maman me dit souvent qu'elle était très inquiète pour ma santé quand j'étais bébé. Pourtant, douze ans plus tard, je suis toujours là.

Et même si je suis née avec tout un tas de problèmes bizarres, je n'y pense pas tout le temps. Et surtout pas un jour comme aujourd'hui : mes parents m'ont annoncé qu'une surprise m'attendrait après les cours. Ce n'est pourtant pas mon anniversaire !

Voici ce qui se passe ce matin, après mon réveil.

Maman me prépare des pancakes aux pépites de chocolat, mon petit déjeuner préféré.

Papa lève les yeux de son livre et me sourit. Un sourire mystérieux, comme s'il avait un secret.

Maman pose devant moi la délicieuse montagne chocolatée puis me demande :

– Tu sais quoi, Libby ?

Vu que j'ai la bouche pleine, je dois avaler avant de répondre :

– Quoi ?

– On ne te dira pas ce que c'est, mais il y aura une surprise pour toi ici, à ton retour du collège.

Je repose ma fourchette.

– Vous allez m'acheter un chiot, c'est ça ?

Papa rit avant de retourner à sa lecture.

– Non, mais je pense que ça te plaira tout autant, réplique-t-il.

Ce sera donc un truc cool. Vraiment cool. Un safari au Botswana, peut-être ? Ou bien quelque chose en rapport avec Nonny, ma grande sœur, qui vit à Chicago avec Thomas, son mari ? Et si c'était un iguane ? Ce serait un animal tellement original ! Je l'appellerais Rosalind, comme Rosalind Franklin

– une scientifique que trop peu de gens connaissent. Quand je découvre des gens importants, spéciaux et méconnus comme Rosalind, je les range dans un coin de ma tête et on devient amis. Comme ça, j'ai un tas d'amis avec moi partout où je vais. Je leur parle beaucoup. Je leur pose des questions, je leur raconte mes soucis et j'imagine ce qu'ils feraient à ma place.

Oui, vraiment, Rosalind serait un prénom super génial.

Je me frotte les mains.

– Même si ce n'est pas un chien, j'ai plein d'autres idées ! dis-je.

Je tente d'afficher le même sourire mystérieux que papa, puis j'engloutis une autre bouchée : j'ai l'impression que c'est réellement mon anniversaire.

Maman m'adresse un clin d'œil et s'éloigne en sautillant. J'aime observer ma mère quand elle tourbillonne dans la cuisine. C'est comme regarder des vidéos YouTube de la patineuse Michelle Kwan aux Jeux olympiques.

Maman a les épaules larges et des bras ronds et costauds. Il lui arrive de dire qu'elle se trouve « mastoc », mais dans la cuisine elle n'est pas comme ça. Dans la cuisine, c'est une vraie ballerine.

Maman a aussi :

1. Des cheveux courts et bouclés, un peu gris sur les tempes.
2. Un grand sourire.
3. Sa propre pâtisserie qu'elle a ouverte quand j'avais quatre ans. Elle m'a raconté qu'elle en rêvait depuis toujours, mais qu'elle n'osait pas. Mais papa lui a dit de se lancer, voilà tout. De foncer. Alors c'est ce qu'elle a fait.

Papa est professeur d'arts plastiques dans un lycée. Quand j'entrerai en seconde, j'aurai la possibilité de suivre ses cours, sauf que je dois être la plus nulle de tout le collège en arts plastiques. J'ai du mal avec les « compétences en motricité fine ». Et même si je me débrouille, je m'en sors carrément mieux avec un microscope, et je n'ai pas du tout eu peur la fois où on a disséqué un œil de bœuf.

Papa a aussi :

1. Une calvitie (un mot un peu soutenu pour dire qu'il est chauve).

2. Des lunettes rondes.
3. Au moins vingt livres sur le peintre Vincent Van Gogh.
4. Une voix douce, mais toujours ferme.

Mes parents sont plutôt intelligents.
Et ils sont très forts en bonnes surprises.

MA MEILLEURE AMIE EST UN LIEU

En général, je fais partie des élèves assis au premier rang. Je prends des notes, je me propose pour écrire au tableau, je connais les réponses et on ne me gronde jamais pour que je me tienne tranquille. Mais aujourd'hui, comme je sais qu'une surprise m'attend à la maison, me tenir tranquille me demande autant d'effort qu'essayer de donner un bain à un chat.

Sauf avec Mme Trepky.

Avec elle, personne ne s'agite. Tout le monde le sait, même si ça ne fait que trois semaines qu'on a repris les cours.

Mme Trepky est grande. Elle mesure au moins quinze centimètres de plus que mes parents. Et elle est toute maigre. Elle a un long nez, des doigts fins et des cheveux presque noirs coupés en un carré court très strict. Son visage est lisse et pâle comme de la porcelaine. Quand elle vous regarde, on dirait qu'elle lit dans vos pensées. Du coup, je reste calmement assise, même le jour-de-la-surprise-après-les-cours.

Je sais déjà que ça ne sera pas un chiot. Un chaton, peut-être ? Ou alors des vacances spéciales ? Une visite du quartier général de la NASA ! Un voyage en Antarctique, pour voir les phoques, les manchots et…

– Libby !

Je sursaute. Derrière moi, deux élèves gloussent.

Mme Trepky est plantée juste devant moi.

– Pardon, madame, dis-je. Vous pouvez répéter, s'il vous plaît ?

J'ai beau ne pas remuer dans tous les sens, être attentive, c'est une autre histoire.

– Qui a dit : « Vous devez faire les choses que vous vous croyez incapable de faire » ?

La partie de moi qui connaît les réponses ne fonctionne pas non plus comme d'habitude. Je suis obligée de prononcer la phrase que je n'aime pas. Je baisse les yeux, croise les mains et réponds :

– Je ne sais pas.

La prof m'observe quelques secondes avant de se mettre face à la classe.

Mme Trepky enseigne l'histoire américaine. Moi, je suis moyenne en histoire : ni la meilleure, ni la pire. Ce que j'aime dans cette matière, c'est qu'on y parle d'événements dont il faut se souvenir et qu'il faut apprendre le cours par cœur. Je n'ai pas de mal à retenir les dates, les noms de présidents et ceux de tous les muscles de la jambe. Pour ce côté-là, ça me plaît. Mais ce n'est pas comme en sciences, où il faut à la fois se rappeler des choses et en découvrir de nouvelles. Des choses bizarres et surprenantes qui pourront changer le futur de l'humanité. Mais l'histoire, comme c'est du passé, je ne vois pas trop à quoi ça sert.

En revanche, même si ce n'est pas très utile, ce n'est pas inintéressant et ça me permet de me faire de nouveaux amis des temps anciens à qui je parle dans ma tête. Comme la fois où l'an dernier, à la rentrée, on a fait une sortie scolaire au Boulder Canyon. La plupart des habitants du Colorado adorent la randonnée ; hélas, ce n'est pas une activité dans laquelle je brille. Si je fournis trop d'efforts, mon cœur s'affole et j'ai l'impression que mes poumons sont compressés. En résumé, lors de cette randonnée, comme beaucoup d'élèves marchaient beaucoup plus vite que moi, je suis restée en arrière, dans le champ de vision des adultes plus lents, et j'ai discuté avec mon amie Sacagawea. Au cas où ce nom ne vous dirait rien, cette femme géniale de la tribu des Shoshones a guidé de célèbres explorateurs alors qu'ils étaient perdus et en danger de mort. C'était au dix-neuvième siècle. Sacagawea est une super copine de rando.

Donc, grâce au cours de Mme Trepky, j'ai encore plus de nouvelles personnes à qui penser et parler. Des gens qui m'aident quand je me pose des questions. Rien à voir avec les maths.

C'est sûrement bizarre que j'aime les sciences et pas les maths, car beaucoup de gens pensent que les deux sont forcément liés. C'est peut-être vrai, mais quand je suis face à des problèmes de calcul, mon cerveau se bloque. Ça m'arrive aussi pour les devoirs maison, à moins que le prof donne des consignes très claires sur ce qu'on doit écrire. En sciences, c'est différent : il suffit de suivre des instructions et de faire des travaux pratiques. En sciences, on peut recommencer. En sciences, il n'y a pas qu'une seule bonne réponse. En sciences, on s'amuse.

Face à la classe, Mme Trepky croise ses longs doigts élégants.

– Il est temps qu'on aborde les projets du trimestre, déclare-t-elle calmement.

Des ronchonnements s'élèvent de la dernière rangée.

– Mais on n'est qu'au début de l'année ! gémit Dustin Pierce, le moins discret de la bande de râleurs.

Mme Trepky reste de marbre jusqu'à ce que les protestations cessent.

– Je suis au courant, monsieur Pierce, réplique-t-elle. Toutefois, ce n'est pas le genre de projet qu'on commence au dernier moment. Vous devrez y travailler régulièrement tout au long du premier trimestre si vous voulez obtenir une bonne note.

Encore des plaintes. Sous le regard sévère de Mme Trepky, les chuchotements mécontents cessent rapidement.

– Pour votre premier projet de l'année, chacun d'entre vous choisira une personnalité qui figure dans votre manuel. Quelqu'un que vous trouvez non seulement intéressant, mais aussi que vous admirez. Quelqu'un que vous pouvez prendre comme modèle. Vous rédigerez le portrait détaillé de cette personnalité en allant bien au-delà de la présentation qui en est faite dans votre manuel. Vous nous ferez ensuite un exposé, à l'oral. Ainsi, à la fin du cours nous aurons l'impression d'être proches de la personnalité que vous aurez étudiée, comme si c'était un ami.

– Moi je veux bien devenir ami avec Marilyn Monroe ! lance Dustin.

Les ricanements reprennent de plus belle au dernier rang, mais ça ne dure pas. Après tout, nous sommes dans le cours de Mme Trepky.

– Votre projet pourra également être accompagné d'un volet créatif, reprend Mme Trepky. Ça peut être un poème, une chanson, une œuvre d'art, une danse, ce que vous voulez. Ce volet créatif aura pour but de résumer vos recherches.

Dustin Pierce veut à nouveau intervenir, mais cette fois il lève la main. Ça n'arrive pas souvent.

– On peut réaliser un film ?

– Oui, vous pouvez, répond Mme Trepky.

Dustin fait un check avec ses deux voisins.

Je lève la main à mon tour. J'aime savoir le plus en avance possible ce qu'on attend de nous pour chaque devoir, ce qui me permet de réfléchir, d'anticiper et de juger combien de temps ça me prendra.

– Quel sera le deuxième projet de l'année ?

Mme Trepky baisse les yeux sur ses mains. Je crois déceler un petit sourire au coin de ses lèvres, même si je ne pense pas avoir dit quelque chose de drôle. Puis je réalise qu'on chuchote dans mon dos. Je ne saisis pas tout à fait ce que les autres disent parce que j'entends mal, mais à leurs réactions, je comprends que je dois être la seule à me soucier de ce deuxième projet. Il me semble que Dustin marmonne quelque chose qui commence par un F, la première lettre du surnom qu'il me donnait, avant… Ou peut-être qu'ils ne parlent pas du tout de mon intervention. Je me concentre de nouveau sur Mme Trepky.

– Le projet du deuxième trimestre sera presque identique au premier, répond-elle. Sauf que vous choisirez une personnalité qui ne figure pas dans votre manuel.

Je sais tout de suite sur qui je vais travailler, car j'ai déjà commencé à l'étudier. Je me passionne pour cette personne depuis que je l'ai découverte dans un documentaire diffusé sur la chaîne National Geographic (celle que je regarde toujours quand je rate les cours parce que je suis malade). C'est comme ça qu'on apprend des trucs sur tout ce qu'on ne nous enseigne pas au collège, qu'il s'agisse du vampire des abysses ou de cette scientifique du début du vingtième siècle : Cecilia Payne-Gaposchkin. C'était une astronome.

– Quoi ? s'étrangle Dustin. Mais comment on fait pour savoir quelle personne choisir si elle n'est pas dans le manuel ?

Mme Trepky croise les mains dans son dos.

– Il y a quantité de ressources dans lesquelles vous pouvez puiser, monsieur Pierce, y compris Internet et, oserais-je le dire, la bibliothèque.

Elle pose une main sur notre manuel et ajoute :

– En fait, pour ce projet, je me suis inspirée d'un concours organisé par l'institut scientifique de Washington, le Smithsonian. Il est ouvert à tous les élèves du pays, à partir d'un certain âge. Les candidats doivent écrire une lettre sur une femme méconnue ou sous-estimée de l'histoire scientifique américaine. L'institut organisera une exposition avec des statues de cire à l'effigie de ces scientifiques trop peu connues. Cet exercice sera l'occasion de mettre en avant des personnalités moins connues du grand public, mais dont la contribution à notre société est tout aussi importante.

Je mâchouille l'embout de mon stylo rétractable. Dans ma tête, la statue de cire de Cecilia est magnifique. Je visualise déjà ses cheveux noirs et lisses, ses yeux clairs et perçants. Écrire une lettre sur elle serait un jeu d'enfant. Tout en regardant mes camarades, je me demande qui ils vont choisir en dehors de notre manuel.

On a déjà une longueur d'avance, hein, Cecilia ? Et si j'apportais des biscuits en forme d'étoile pour l'exposé ?

J'imagine ses yeux se plisser avec malice en réponse à ma question.

Dustin ouvre la bouche, sans doute pour se plaindre encore, et j'ouvre la mienne pour demander si les élèves de cinquième ont le droit de participer au concours. Sauf que pile à ce moment-là, on frappe à la porte. C'est Mme Lopez, la principale.

Elle accompagne une fille au visage rond qui a les cheveux les plus longs et les plus épais que j'aie jamais vus. Elle est plus grande que tous les élèves de la classe – et plus belle aussi, selon moi.

Tout sourires, je fais rouler mon stylo sur ma table. Combien de surprises merveilleuses cette journée me réserve-t-elle encore ?

– Excusez-moi, madame Trepky, dit Mme Lopez. Puis-je vous déranger une minute ?

– Entrez, je vous en prie, réplique Mme Trepky avant de se mettre derrière son bureau.

Mme Lopez guide la fille devant la classe.

– Je vous présente votre nouvelle camarade, Talia Latu. Je compte sur vous pour lui réserver un bon accueil.

J'ai vraiment de la chance : la seule place vacante se trouve à côté de moi et c'est donc celle que Mme Trepky indique à Talia.

– Tu peux aller t'asseoir.

J'ai beau être ravie d'avoir une voisine, j'ai peur un instant que la prof me désigne pour être le binôme de Talia. Travailler en binôme me met toujours mal à l'aise parce que je me soucie davantage d'être une partenaire drôle et sympa que de faire correctement le travail demandé. Cela dit, je m'inquiète pour rien : avant de reprendre son cours, Mme Trepky veille seulement à ce que Talia soit bien installée et ait son matériel. Elle nous demande quand même d'échanger nos numéros de téléphone pour que Talia puisse m'appeler en cas de besoin, rien de plus.

Plus tard, quand la sonnerie retentit, Mme Trepky lance pour couvrir le tohu-bohu des élèves qui rassemblent leurs affaires :

– Talia ! Viens me voir, que je te donne les devoirs les plus récents. Et Libby…

Je m'arrête. Elle me regarde par-dessus ses lunettes.

– Je te conseille de relire la partie sur Eleanor Roosevelt, poursuit-elle. Il y a une citation qui t'intéressera peut-être.

Après le cours d'histoire, c'est la pause-déjeuner. J'emporte mon sandwich au fromage et au salami à la bibliothèque. J'y mange très souvent. Le bibliothécaire s'appelle M. Duncan. Il est vieux, souriant et a des mains parcheminées, avec lesquelles il tapote toujours le haut de la pile de livres qu'il me donne, comme si c'était un trésor.

Ça doit en être un, j'imagine. Je ne sais pas si le règlement interdit de manger à la bibliothèque. En tout cas, M. Duncan ne me demande jamais d'aller ailleurs.

Dans la bibliothèque, il y a une grande pancarte au-dessus de la porte, où sont dessinées des étoiles et des têtes marrantes. On y lit : *Illuminez votre journée avec un livre*. Cela dit, contrairement à celles qu'on dessine, les vraies étoiles n'ont pas cinq branches. Ce sont des boules. De grosses boules de feu en fusion. Je me demande si on n'a pas inventé les étoiles à cinq branches pour faire comme si elles avaient deux bras et deux jambes, à notre image. C'est le genre de question qui me trotte dans la tête pendant mes pauses de midi à la bibliothèque.

Avoir une bibliothèque comme meilleure amie, c'est sympa, mais ça n'a pas que des bons côtés. Je ne peux pas lui envoyer de textos. Je ne peux pas lui raconter la blague de mon père – celle où une paramécie traverse la route parce qu'elle s'est collée au derrière d'une poule. On ne peut pas aller aux fêtes ensemble et je ne peux pas discuter avec elle quand il y a plein de monde.

L'an dernier, un prof m'a demandé qui était ma meilleure amie à l'école. J'avais une copine en CE2 qui venait jouer chez moi de temps en temps, mais elle a déménagé l'année suivante. J'ai répondu que ma nouvelle meilleure amie était probablement la bibliothèque. Ça ne me dérange même pas de lire des trucs sur le liquide cérébrospinal ou les champignons pendant que je mange. Quand j'ai raconté ça à mon prof, il est resté là, à me regarder avec un air un peu triste. Il était à deux doigts de me tapoter la tête quand il m'a dit que je devrais essayer de jouer dehors avec les autres, à la pause de midi. C'est là que j'ai compris qu'il valait mieux que je garde pour moi le fait que ma meilleure amie, c'est la bibliothèque.

Même si c'est la vérité.

BACH SWEET BACH

On peut en apprendre beaucoup sur une famille grâce aux toutes premières choses qu'on voit en entrant dans la maison où elle vit. Ça peut être une photo du chien. Ou un placard débordant de manteaux et de bottes boueuses qui empêchent les portes de se fermer.

Lorsqu'on entre chez moi, la première chose qu'on remarque, c'est le piano à queue de ma mère. Quand elle était jeune, elle a obtenu une bourse pour étudier dans la plus prestigieuse école de spectacle de New York. Elle a même joué au Carnegie Hall, la célèbre salle de concert. Puis des lésions nerveuses ont atteint sa main gauche.

Elle m'a raconté qu'elle avait mis longtemps à trouver un nouveau rêve. Puis elle a réalisé qu'on pouvait tout aussi bien faire passer des messages à travers les gâteaux et les biscuits que par la musique. Je ne vois pas trop ce que ça signifie. Comment peut-on dire quelque chose sans vraiment le dire ? Quoi qu'il en soit, elle s'est rendu compte qu'avoir une main abîmée ne la gênait pas autant pour cuisiner que pour jouer du piano. Elle a même appris à faire presque toutes les décorations des gâteaux d'une seule main. Dans sa boutique, elle est aidée par une assistante.

Elle aime encore jouer du piano de temps à autre, mais elle est frustrée quand sa main gauche ne fait pas ce qu'elle veut. Elle adore quand ma sœur Nonny est là : maman peut faire la main droite et Nonny la gauche.

À douze ans, maman et Nonny ont chacune remporté le concours des jeunes pianistes de l'État du Colorado. Elles avaient mon âge.

Moi aussi, j'aurais bien aimé remporter ce concours à mon âge.

Et j'aurais bien aimé être la main gauche de maman.

Mais il y a quelque chose entre la musique et moi que je dois vous expliquer.

Quand je regarde une partition, il se passe un truc dans mes muscles. Ça part des épaules, ça se répand dans mes bras et ça descend jusque dans mon ventre. Mes épaules se raidissent et se bloquent, mes mains se pétrifient et je me mets à avoir très envie de faire pipi.

Les gens utilisent parfois l'expression « comme un lapin pris dans les phares ». J'ai lu un article là-dessus dans une revue. Il y a une explication scientifique à ce phénomène. L'adrénaline libérée inonde le corps de ces petites bêtes et pétrifie littéralement leurs muscles, même si un gros camion est sur le point de les écraser. Peut-être que, face à une partition, mon cerveau se transforme en un lapereau stupide et terrifié qui voit un semi-remorque lui foncer dessus.

J'ai fait plein d'efforts. J'ai pris des cours de piano pendant trois ans ; j'ai passé plusieurs séances à essayer de débloquer mon cerveau, et j'ai même participé à un récital très crispant qui a été un désastre monumental. Alors, à dix ans, j'ai mis un terme à ce calvaire.

Depuis que j'ai arrêté les cours, je ne suis plus paralysée dès que je m'assois sur la banquette du piano. Du coup, de temps en temps, je peux discuter dans ma tête avec Bach ou Beethoven. Je leur demande pourquoi ils ont composé des morceaux si difficiles pour les gens comme moi. Parfois j'ai l'impression qu'ils me toisent, avec leur perruque blanche, et qu'ils se moquent de moi en me montrant du doigt.

Nonny, elle, est une excellente musicienne.

Je doute que Bach et Beethoven se moquent d'elle.

On pourrait croire que je suis jalouse de ma sœur parce qu'elle sait faire des tas de choses dont je suis incapable. Pas seulement pour le piano. Elle aide aussi maman à la cuisine sans casser la vaisselle ni rater les plats. Et sur les parcours sportifs, elle arrive à grimper à la corde.

Je vais vous dire la vérité à propos de Nonny : c'est avec elle que je me sens le plus en sécurité.

Avec elle, je n'ai jamais peur de mettre les pieds dans le plat. J'aime encore plus bavarder avec elle qu'avec les gens dans ma tête. Et elle m'aide davantage. Bien sûr, j'ai aussi mes parents. Avec eux, je ne crains pas d'avoir l'air bête quand j'ouvre la bouche. Par contre, ils me traitent souvent comme si j'étais encore une petite fille. Je vois bien dans leurs yeux qu'ils me trouvent « trop mignonne » ou que je « grandis trop vite ». Vous voyez ce que je veux dire ?

Avec ma sœur Nonny, c'est tout le contraire.

En réalité, elle s'appelle Naomi, mais quand j'étais petite, je n'arrivais pas à dire son prénom. Du coup, tout le monde s'est mis à l'appeler Nonny. Elle a vingt ans, presque neuf ans de plus que moi, mais elle ne me parle pas comme si j'étais un bébé. Elle a de longs cheveux noirs et le teint pâle comme la lueur des étoiles. Elle a épousé un garçon qui s'appelle Thomas, qui a le meilleur des rires, des épaules super larges et qui arrive encore à me soulever d'une main au-dessus de sa tête. Il a la peau ébène, et un sourire à tomber, comme dit Nonny. Un jour, il a battu mon père au Scrabble, ce qui est un miracle. Ma sœur a rencontré Thomas l'automne dernier, quand elle est partie en première année de fac. Ils sont très vite tombés amoureux, comme deux astres qui se tournent autour en orbite, et ils se sont mariés en mai, juste avant la fin de l'année scolaire. Et juste avant les vingt ans de Nonny. Je crois que mes parents étaient très inquiets à l'idée qu'elle se marie si jeune, sauf qu'ensuite on a rencontré Thomas. Alors, ils ont arrêté de stresser.

J'ai une anecdote à vous raconter à propos de ma sœur.

Il y a deux ans, quand Nonny était en terminale, on m'a équipée de prothèses auditives. Je ne pensais pas que mes camarades de classe trouveraient ça bizarre. Au début, personne ne se moquait de moi ni rien. Puis, à la rentrée l'an dernier, dans la cour, à la pause-déjeuner, j'ai parlé avec deux filles qui avaient les avant-bras couverts de bracelets. Elles étaient sympas, sauf qu'au bout de quelques minutes, l'une d'elles a dit : « Désolée, mais je n'ai pas trop l'habitude de jouer avec des gens qui ont des problèmes aux oreilles. » Là-dessus, elles sont parties vers les balançoires et moi, je suis allée manger à la bibliothèque.

Vous savez ce qui est le plus bizarre, dans cette histoire ? C'est que je n'étais même pas vexée. Du moins pas sur le coup. Je me suis simplement dit : *OK*… et je suis allée lire un livre sur la découverte de la pénicilline (qui est due au hasard, d'ailleurs).

Sauf qu'une fois rentrée chez moi, j'ai eu le temps de réfléchir à ce qui s'était passé. Et là, ça n'allait plus aussi bien. Je n'ai pas pleuré, mais après mes devoirs, je ne pouvais rien faire d'autre que rester assise sur mon lit à me sentir minuscule. Parfois, on se dit qu'on aura beau crier à s'en faire éclater les poumons, les autres n'entendront qu'un pet de mouche, rien de plus.

Puis Nonny est rentrée du lycée. Elle est venue dans ma chambre et elle a bien vu que la journée avait été rude pour moi. Je lui ai raconté ce qui m'était arrivé. Elle est restée silencieuse un moment (pas trop longtemps), avant de répliquer : « Waouh. Elles ne doivent pas connaître grand monde d'intéressant. »

Après, on est allées dans sa chambre et on a mis Celtic Woman (son groupe préféré) à fond et dansé avec des brosses à cheveux en guise de micros.

Vous vous dites peut-être que Celtic Woman n'est pas franchement le genre de musique qu'on met à fond, sur lequel on peut se défouler.

Si c'est ce que vous pensez, j'ai une chose à vous dire : vous vous trompez.

Surtout si c'est avec Nonny.

DES X ET DES O

Si je suis différente de Nonny, c'est pour plusieurs raisons. Des raisons qui expliquent pourquoi je ne suis pas douée pour le piano. Pourquoi je ne dépasserai jamais ma sœur en taille ; pourquoi mon cœur était beaucoup trop gros à ma naissance et pourquoi je dois porter des prothèses auditives.

Il faut dire qu'avant même que je naisse, il m'est arrivé tout un tas de trucs dingues, bizarres et dangereux.

Vous êtes prêts pour les détails de mon premier jour sur Terre ?

En gros, voici ce qui se passait dans mon corps à ma naissance…

1. La plus grosse veine de mon cœur (qu'on appelle l'aorte) s'est retrouvée compressée, pincée, contractée, de sorte que mon sang ne circulait pas. Résultat, mon cœur a dû pomper de plus en plus et grossir de plus en plus, jusqu'à ce qu'il soit prêt à éclater comme un pop-corn.

2. Mon intestin grêle était dans une poche en dehors de mon ventre, là où se trouve normalement le nombril, et le médecin a été obligé de le pousser délicatement pour le remettre à sa place. (Dégueu, mais aussi carrément génial, en un sens !)

3. J'avais le cordon ombilical de plus en plus serré autour du cou, comme un boa constrictor.

Ça a l'air sympa, hein ? Quand j'avais deux semaines, on m'a opérée du cœur. On m'a maintenue les bras au-dessus de la tête pour pouvoir passer sous mes côtes plutôt que d'ouvrir mon sternum tout neuf. J'imagine toujours une séance de torture médiévale. J'en conserve une grande cicatrice blanche le long du flanc gauche, là où on a réparé mon cœur.

Vous voulez savoir pourquoi mon aorte était compressée comme la tête d'un chat dans un tube de papier toilette ?

Voici ce que m'ont expliqué mes parents quand j'avais sept ans.

C'est comme si votre corps était le résultat d'une recette formée dans le ventre de votre mère. (Aujourd'hui, je sais ce qu'est un utérus, mais comme j'étais petite à l'époque et qu'on était au restaurant, ils ont appelé ça le ventre.) La « recette de quelqu'un » comporte quarante-six ingrédients. On les appelle les chromosomes.

Les cheveux roux ? Les chromosomes. La mauvaise vue ? Les chromosomes. Un nez comme celui de votre arrière-grand-père ? Encore les chromosomes.

Vingt-trois ingrédients viennent de votre père et vingt-trois de votre mère. Ensemble, ces ingrédients composent la « recette de quelqu'un ». Il existe deux chromosomes spéciaux qui déterminent biologiquement si vous êtes un garçon ou une fille. L'un vient de votre père, l'autre de votre mère.

Sauf quand il n'y en a pas deux.

Les deux ingrédients-chromosomes de la fille sont XX. Autrement dit, votre mère est XX, et parmi les vingt-trois ingrédients qu'elle vous donne, il y a un de ses X dans le lot.

Pour les garçons, les ingrédients sont XY. Autrement dit, ce sont les ingrédients du père qui définissent si on naît garçon ou fille. Voici comment ça fonctionne. Y est l'ingrédient « garçon ». Puisque votre père est XY, s'il vous donne un X, vous obtenez un X de votre père et un X de votre mère et *boum !* vous êtes une fille. Si votre père vous donne un Y, alors vous obtenez un X de votre mère et un Y de votre père. Résultat : XY, coucou ! vous êtes un garçon.

Mais ça ne marche pas toujours comme ça.

Parfois, vous êtes juste X.

X et un truc qui manque.

X0.

Ça veut dire « ingrédient manquant ».

Ça ne m'embête pas trop. Il y a des gens qu'on nomme « filles » ou « garçons » à la naissance et qui décident qu'en fait, ces mots et tout ce qui y est associé ne leur correspondent pas. Mais moi, je me suis toujours sentie fille, du sommet du crâne à la pointe des orteils. Alors un jour, j'ai demandé à ma mère si le fait de n'avoir qu'un seul X au lieu de deux voulait dire que j'étais peut-être un garçon. Elle a répondu que ça ne marchait pas comme ça, parce que je n'ai pas non plus l'ingrédient Y qui détermine les garçons. En plus, je ne me sens pas du tout garçon. Autrement dit, je suis aussi fille qu'elle.

Voici d'autres informations : 1 fille sur 2 500 naît X0.

Ça s'appelle le syndrome de Turner.

Parfois, quand le bébé est en cours de formation et que le corps de la mère sent qu'il manque un ingrédient, celui-ci arrête de fabriquer le bébé, qui meurt avant la naissance. Ça s'appelle une fausse couche. Lorsqu'il manque un ingrédient au bébé, la grossesse se termine en fausse couche 99 fois sur 100.

Autrement dit, j'ai eu une sacrée veine.

Selon papa, ça veut dire que j'étais destinée à venir dans ce monde.

Il y a des tas d'autres cas où il peut y avoir une anomalie avec les ingrédients. Par exemple, on peut aussi avoir un chromosome en trop. Quand on a l'ingrédient numéro 21 en trop, venant soit du père, soit de la mère, ça s'appelle le syndrome de Down ou trisomie 21.

Avec tout ce qui pourrait aller de travers, c'est presque miraculeux qu'un bébé naisse en parfaite santé. Autant qu'une protoétoile qui naît d'un mélange parfait de poussière et de chaleur.

Et sinon, vous voulez savoir quelles sont les autres conséquences du syndrome de Turner sur mon corps ? Les voici :

Mon cœur est trop gros.

Mon cou est un peu trop épais sur les côtés.

Ma cage thoracique est ronde comme un tonneau.

Mes oreilles sont un peu basses et n'entendent pas très bien.

Ma petite taille m'oblige à me faire des injections tous les jours si je veux grandir davantage.

Mais tout ça, ce ne sont que des défauts physiques. Mon cerveau, lui, est intact.

Ça ne m'empêchera pas d'avoir un vingt sur vingt en biologie.

Ça ne m'empêchera pas de devenir scientifique.

MIEUX QU'UN CHIOT

Prêts pour la surprise ?

Vous voulez savoir ce qui est mieux qu'un chiot ?

Après la sonnerie, je jaillis pratiquement des portes du collège. Maman m'attend sur le parking. Elle savait que je ne traînerais pas, aujourd'hui. (Même si, en temps normal, ce n'est pas mon genre, de toute façon. Maman dit que je suis un expresso humain.)

D'un geste brusque, j'ouvre la portière arrière de la camionnette.

– Bon, c'est l'heure d'aller chercher mon nouveau chiot, c'est ça ?

Maman rit.

– Tu verras. Attends qu'on soit rentrées à la maison.

J'avoue que je soupçonne la surprise d'avoir un rapport avec ma sœur. Ces derniers temps, maman et Nonny se sont beaucoup parlé au téléphone. Mais vraiment hyper souvent. Il n'y a pratiquement pas eu un seul jour sans que je trouve maman en pleine conversation téléphonique lorsqu'elle m'attendait à la sortie du collège. Je sais qu'elle parlait à Nonny. Je le voyais à sa gestuelle, et parfois, quand j'ouvrais la portière de la camionnette, je l'entendais dire un truc comme : « Moi aussi je t'aime, mon trésor. » Et l'autre jour, elle a dit : « Tu me raconteras comment s'est passé ton rendez-vous. »

Je sais aussi que leurs appels avaient un rapport avec le travail de Thomas. Il fait des soudures spéciales sur des projets importants. Il y a deux mois, l'entreprise qui l'employait a dû licencier beaucoup de gens – Thomas y compris, ce qui me donne l'impression que l'entreprise n'était pas très maligne vu qu'il était forcément leur meilleur élément. Depuis, il est à la recherche d'un emploi et ça n'avance pas beaucoup.

J'ai demandé à maman ce qui se passait à peu près cinquante fois, mais elle me répétait qu'on en discuterait plus tard. Je déteste les « plus tard ». Il n'y a rien de pire que « plus tard ».

Mais peut-être que « plus tard », c'est enfin maintenant.

D'habitude, maman a des taches de sucre ou de farine quelque part sur elle parce qu'elle vient me chercher directement de la pâtisserie, où elle retourne ensuite travailler deux heures avant le dîner. Mais pas aujourd'hui. Aujourd'hui, elle est toute propre.

Je m'impatiente :

– Dis-moi ! Allez !

Maman sourit et répète :

– Tu verras.

Lorsqu'on ne sait pas quand « plus tard » arrivera, c'est nul, mais lorsqu'on sait que c'est presque là et que ça se rapproche de plus en plus, c'est merveilleux et on a hâte. Avoir hâte, c'est la meilleure sensation au monde.

Cette journée est trop géniale.

Sur le trajet du retour (un trajet que j'ai déjà fait des millions de fois), chaque arbre me paraît beau et nouveau. Chaque maison me paraît importante, comme si la personne qui y vivait pouvait être celle qui allait trouver un remède contre le cancer.

Une fois qu'on arrive à la maison, la surprise m'attend sur le pas de la porte. Ma sœur ouvre grand les bras pour que je lui saute au cou.

MA SŒUR EST MALADE ET C'EST UNE BONNE NOUVELLE

– Désolée de n'avoir pas pu venir te chercher, s'excuse Nonny une fois que nous sommes installées sur les canapés.

Nous avons chacune devant nous une infusion et des tartines à la confiture d'orange. Je n'avais pas éprouvé une telle sensation de douceur et de chaleur depuis longtemps.

– J'ai déjà le mal des transports même sans bouger, ajoute-t-elle.

Je l'interroge :

– Le mal des transports ? Est-ce que tu vas bien ? Et Thomas, il va venir, lui aussi ? Combien de temps vous allez rester ?

Nonny rit et maman me caresse les cheveux. Voici leurs réponses :

1. Nonny va rester à la maison six mois. *Six mois*. Quand j'entends ça, je manque de bondir du canapé.

2. Thomas ne viendra pas. Hier, il a quitté leur appartement de Chicago (là où vivent aussi ses parents) et a pris l'avion pour aller travailler sur un projet dingue aux Keys, un archipel situé au sud de la Floride. Nonny dit que la mission ne lui plaît pas, mais qu'il a dû l'accepter parce qu'ils ont besoin d'argent. Ils essaient d'économiser pour acheter une maison. Thomas va être absent six mois, le temps de son contrat. Ensuite, il devra chercher un autre travail. Nonny me dit que la nuit qu'elle a passée toute seule hier a été la pire de sa vie.

3. Elle va bien. Parfois, elle se sent un peu nauséeuse, mais c'est normal.

4. C'est normal, parce qu'elle est enceinte.

Je répète :

– Enceinte ? Tu vas avoir un bébé ? Un vrai bébé ?! C'est le plus beau jour de ma vie ! Six mois… Mais… Oh, c'est pas croyable !

Un bébé.

Nonny va avoir un bébé.

Mes parents vont devenir grands-parents.

Nonny sera une mère formidable.

Et moi, je vais être tata.

– Eh oui, confirme Nonny.

Son sourire remonte jusqu'à ses yeux, et même si elle a l'air un peu fatiguée, elle est la preuve que les femmes enceintes resplendissent. Totalement.

– Dis-lui-en plus, intervient maman. Dis-lui pour quand c'est.

Maman est presque aussi resplendissante que ma sœur.

Nonny me regarde et m'annonce :

– Je suis enceinte de quatre mois. La naissance est prévue pour le dix-sept février.

Elle baisse les yeux sur son ventre avant de reprendre :

– C'est aussi pour cette raison que Thomas a dû accepter ce travail. Il va donc falloir que tu t'occupes de moi puisqu'il ne sera pas là au début.

Je vais devoir m'occuper de ma sœur et de son enfant à naître ! Je crois que je n'ai jamais rien entendu de plus merveilleux de toute ma vie.

Nonny observe maman.

– Je vais quand même… C'est-à-dire que… cette grossesse est arrivée beaucoup plus vite que prévu. Par chance, j'ai la possibilité de suivre les cours à distance, donc mon année n'est pas complètement perdue. Mais ça tombe mal… J'espère vraiment qu'ils accorderont plusieurs jours de congé à Thomas pour la naissance du bébé, même s'il doit repartir ensuite. De toute façon, il y aura une quinzaine de jours où il ne sera pas là.

Elle pose de nouveau les yeux sur moi et ajoute :

– Mais toi, tu sauras t'occuper de nous.

– Oui ! dis-je, les poings serrés parce que j'ai du mal à tenir en place. Oui, oui, tu peux compter sur moi !

Nonny sourit, pose sa tête contre le dossier du canapé et ferme les yeux. Maman la regarde de son air qui veut dire : « Elle est trop mignonne. » Je dois avouer que c'est plutôt sympa de savoir que ni Nonny ni moi ne cesserons un jour d'être ses petites filles chéries, peu importe qu'on soit vieilles, mariées ou enceintes.

Enfin, que Nonny soit enceinte. Moi, je ne pourrai jamais l'être.

Je décide d'envoyer un message vidéo à Thomas. Je lance :

– Elle est là ! Elle est arrivée ! Un bonjour de la part de tout le monde à Thomas, le futur papa !

Son casque de chantier sur la tête et le visage tout transpirant, il répond aussitôt :

– Ma belle-famille préférée ! Qu'est-ce que vous me manquez, tous. Merci de m'avoir fait signe, Crevette.

(Oui, il m'appelle Crevette. Disons que la première fois qu'il a rencontré la famille, on est allés manger dans un restaurant de fruits de mer et il y a eu un incident lié au fait que le contenu de mon assiette avait encore des yeux.)

Je regarde ma sœur qui a toujours les paupières closes. Elle n'a pas l'air enceinte – mis à part son teint resplendissant. Je me promets de faire très attention à elle ces prochains mois. Je devrais peut-être prendre des notes pendant cette expérience. Écrire à quel moment ses chevilles commenceront à enfler. Mesurer régulièrement son ventre et noter la taille qu'il fait. Consigner à quel moment les nausées matinales disparaîtront. L'accompagner à ses consultations prénatales, si elle m'y autorise.

Sinon, je ne saurai jamais comment ça se passe.

UNE PIQÛRE PAR JOUR POUR GRANDIR AVEC LE SOURIRE

Il n'y a pas beaucoup de filles de douze ans qui doivent se piquer tous les jours, mais en réalité, ça n'est pas aussi terrible qu'on le croit.

Il arrive que le syndrome de Turner ait un impact sur le cœur. (Et le mien n'a pas été épargné.) Parfois, le syndrome détraque la thyroïde ou les reins. (De mon côté, rien à signaler.) Par contre, le syndrome de Turner a deux conséquences systématiques :

1. On ne peut pas avoir d'enfant naturellement. Mais je suis encore trop jeune pour y penser. Pas vrai ?

2. On ne peut pas atteindre une taille normale. Du moins pas toute seule. Il existe toutefois un médicament spécial qui s'appelle l'hormone de croissance. Si on s'en injecte tous les jours sur une certaine période, on arrive à rattraper un peu de retard. Moi, je mesure déjà un mètre cinquante-deux. Sans les piqûres, je dépasserais à peine un mètre vingt.

En fait, je suis plutôt veinarde. Comme les médecins m'ont diagnostiqué le syndrome de Turner très vite après ma naissance, j'ai pu commencer les injections tôt et gagner plein de centimètres. Parfois, les filles atteintes de ce syndrome le découvrent trop tard pour suivre un traitement.

Je n'ai pas peur des aiguilles, car elles sont fines. Ma routine du soir n'est pas si différente de celle des autres : les dents, le pyjama, l'aiguille.

Avant, c'était maman qui me faisait les injections. Puis je lui ai dit que je voulais apprendre à les faire moi-même. Elle m'a montré, et j'ai réussi du premier coup.

Franchement, c'est aussi facile que de se brosser les dents.

(Bon, je reconnais que maman m'aide encore pour les piqûres dans les zones que je peux difficilement atteindre, comme l'épaule ou le muscle grand glutéal, autrement dit la fesse.)

Pour les autres, peut-être que les piqûres sont vraiment effrayantes, mais pour moi, ce ne sont que des médicaments. Du coup je ne me sens pas spécialement courageuse. Ça pince un peu et hop, c'est fini.

Un jour, Thomas m'a confié qu'il avait du mal à se montrer courageux quand on devait le piquer. En revanche, parler à des gens qu'il ne connaît pas et sympathiser avec eux ne lui demande aucun courage. Même quand il travaille sur une mission très difficile, ses collègues agaçants deviennent amis avec lui, et les vieux patrons grincheux finissent par beaucoup l'apprécier. Je me souviens que, lors d'une sortie en famille, un jour où il était venu nous rendre visite, il a parlé au serveur du restaurant et à la caissière du cinéma comme s'ils se connaissaient depuis toujours. Comme s'ils étaient les meilleurs amis du monde. Je ne sais pas comment il fait.

Nonny nous a raconté que la première fois qu'il l'a invitée à sortir avec lui, il n'était pas du tout intimidé ni gêné. Si un jour un garçon me demande de sortir avec lui (quand j'aurai quarante-deux ans, comme dit papa), ça me demandera du courage, sûr et certain. Rien que d'avoir un binôme en TP, ça me noue l'estomac !

Ce n'est pas que je sois timide. Pas du tout, même. J'ai toujours d'excellentes notes pour les exposés et je pense que faire du théâtre au lycée, ça doit être cool. Parler aux gens, ce n'est pas ce qui est difficile. Ce qui est difficile, c'est que je comprends toujours après coup que ce que j'ai dit était à côté de la plaque. Une fois que c'est trop tard.

Comme lorsque j'ai demandé à Mme Trepky ce qu'elle comptait nous donner comme devoir dans plus de trois mois.

Ou quand j'ai dit à mon prof que ma meilleure copine, c'était la bibliothèque.

Je suis malade rien qu'à l'idée de chercher à qui parler à une simple fête d'anniversaire.

Je préfère encore me planter une aiguille dans le derrière.

CONFITURE ET HORMONE DE CROISSANCE

Quand Nonny est à la maison, se coucher tard devient quasiment obligatoire.

Lorsqu'on a besoin de réconfort, maman a l'habitude de nous préparer des tartines à la confiture avec son pain frais maison. Assises toutes les trois à la table de la cuisine, nous nous gavons de tartines grillées.

Maman boit une gorgée de tisane. Nonny aussi. Avec la manche de son pull, ma sœur essuie le cercle humide que son mug a laissé sur la table. Regarder des gens boire une tisane, ça peut sembler barbant, mais moi, je pourrais le faire pendant des heures.

– Tu as cours demain, ma chérie, me fait remarquer maman.

– Si je suis en forme, c'est moi qui t'emmènerai, propose Nonny.

– OK ! dis-je.

Maman avale une dernière bouchée de sa tartine.

– Je sais que tu n'as pas envie d'aller te coucher, mais c'est l'heure de te préparer.

Pile à ce moment-là, papa entre dans la cuisine d'un pas décontracté. De son téléphone s'échappe la chanson de Beyoncé *Run the World*. Il tire Nonny de sa chaise et la fait tourner. Elle manque de se cogner le nez contre son aisselle. Je ris tellement que je grogne comme un petit cochon. Même si Nonny a annoncé la nouvelle à papa il y a déjà deux semaines, alors que les adultes prenaient leurs dispositions pour son retour provisoire à la maison, il est si distrait par sa présence qu'il n'a pas encore pu préparer ses cours.

– Tu es ridicule ! s'exclame maman.

– Je me disais, déclare papa, même si on ne connaît pas encore le sexe et que rien n'empêchera mon futur petit-enfant d'être parfait… que ce serait génial d'avoir une fille de plus dans la famille, non ?

Il me prend la main et essaie de nous faire tourbillonner, Nonny et moi, un peu comme des toupies, jusqu'à ce qu'on finisse par se percuter en gloussant.

– Allez, fini les bêtises ! s'impatiente maman. Vous êtes deux à avoir cours demain.

– J'suis obligé d'y aller ? geint papa pour plaisanter.

Je vais dans le cellier, où sont rangés le beurre de cacahuètes (pour papa), les cookies (pour Nonny) et une boîte d'aiguilles stérilisées (pour moi). Puis je vais chercher le petit flacon de médicament dans le frigo. Les flacons ne sont pas plus grands que le pouce de mon père.

– Ça fait un moment que je ne t'ai pas regardée faire, dit Nonny. Ça m'impressionne toujours autant.

– Être impressionnante, c'est dans ses gênes, me flatte papa.

Nonny tressaille toujours quand elle me voit faire mes injections. Je pense que ça ne lui fait qu'un tout petit peu peur.

Je sors l'aiguille de son emballage et ôte le long capuchon en plastique. L'aiguille est vraiment très fine.

– Dis-nous quels mots de vocabulaire tu as appris en cours pendant que tu fais ça, propose maman. Et ensuite, au lit.

Pour moi, tenir l'aiguille est aussi naturel que tenir un crayon. J'enfonce la pointe dans l'opercule caoutchouteux du flacon.

– « Estourbi », dis-je. Ça veut dire « très surpris » ou « choqué ». « Courroucé », ça veut dire « fâché ».

J'incline le flacon pour que le liquide clair qu'il contient aille vers l'aiguille. Ce liquide semblable à de l'eau, c'est l'hormone de croissance, le médicament que je prends pour devenir aussi grande que les autres filles. Papa appelle ça mon « jus de haricot magique ».

– « Adjurer », ça veut dire « implorer ».

Soigneusement, je tire sur la ventouse pour que l'hormone de croissance remplisse la seringue.

– « Tarabuster », ça veut dire « contrarier », « agacer ».

Je retire la seringue du flacon et vérifie qu'elle ne contient pas de bulles d'air. Je la tapote une ou deux fois, comme maman me l'a montré, pour être doublement sûre. Je soulève mon tee-shirt jusqu'à mon nombril et me pince le gras du ventre.

– Et « opiniâtre », ça veut dire « acharné, déterminé, quel qu'en soit le prix ».

Et là, *bam!* Je plante l'aiguille dans le pli de mon ventre, j'injecte le jus de haricot magique lentement, délicatement, et je retire l'aiguille.

Fastoche.

– Ça ne t'a pas fait mal ? s'inquiète Nonny.

– Non, dis-je.

– Moi, je crois que je pleurerai encore plus fort que le bébé quand je l'emmènerai se faire vacciner. Et j'espère… j'espère vraiment qu'on sera sortis de ce trou noir financier avant que…

– Ne t'en fais pas, l'interrompt maman. Vous trouverez une solution, tous les deux. Et on est là pour vous aider.

– Je me souviens de vos premiers vaccins, intervient papa. C'est moi que l'infirmière a dû consoler !

J'imagine le bébé de ma sœur en train de se faire piquer. Des vaccins, des injections de routine… Pour un minuscule bébé qui vient à peine d'arriver, ça ne doit pas être évident à supporter ! Et si le bébé de Nonny avait besoin d'autres types de piqûres ?

Je suis bien placée pour savoir qu'avoir besoin de piqûres peut signifier qu'il y a un problème. Un gros problème.

Et si le bébé avait besoin d'injections comme les miennes ?

Il n'y a pas beaucoup de filles de douze ans qui doivent faire comme moi tous les jours. Si le bébé de Nonny devait en faire partie, ça me ferait encore plus mal que les injections.

Bien plus mal.

De retour dans ma chambre avec ma tisane, je revois le visage de ma sœur quand elle a parlé de trou noir financier. Je n'avais pas vraiment remarqué qu'elle était un peu effrayée, jusqu'à ce qu'elle le dise à haute voix.

En voyant mon manuel d'histoire à moitié sorti de mon sac à dos, je me rappelle le concours dont nous a parlé Mme Trepky. Je n'ai pas eu l'occasion de lui demander si je pouvais y participer, alors je décide de me renseigner par mes propres moyens.

Sur mon ordinateur, je m'empresse de taper les mots *concours femmes pôle scientifique Smithsonian*, puis je clique sur le lien vers la page du concours.

Ça correspond exactement à ce que Mme Trepky a dit : les candidats doivent rédiger une lettre sur une scientifique qui n'a pas la place qu'elle mérite dans l'histoire. Je dois expliquer par quels accomplissements spectaculaires cette femme a eu un impact sur le monde mais aussi sur moi, et pourquoi je la considère comme une source d'inspiration. Ça, c'est la première partie de la lettre. Dans la seconde partie, on doit raconter quel projet on a mis en place pour faire connaître cette scientifique et comment on a attiré l'attention sur elle. Le concours se termine le jour de la Saint-Valentin. J'ai donc encore beaucoup de temps devant moi pour préparer mon projet et écrire ma lettre.

Pour ce concours, Cecilia Payne est le sujet idéal. Les candidats sont répartis en trois catégories : les cinquièmes-quatrièmes, les troisièmes-secondes et les premières-terminales. Autrement dit, moi, Libby Monroe, je peux y participer. Il me suffit d'écrire la lettre la plus parfaite et de trouver l'idée la plus originale pour faire en sorte que Cecilia soit mieux connue du grand public. Il y aura un gagnant par catégorie. Chacun recevra une distinction et vingt-cinq mille dollars pour son établissement scolaire.

Et il y a aussi le premier prix.

Quand je vois ce que c'est, je suis à deux doigts de renverser ma tisane sur mes genoux.

Vous êtes prêts ?

Celui ou celle qui remportera le premier prix du concours des femmes du pôle scientifique du Smithsonian gagnera vingt-cinq mille dollars.

Oui, vous avez bien lu : *vingt-cinq mille dollars*.

Un vingt-cinq avec trois zéros derrière. À dépenser comme on veut. Et ça, c'est en plus des vingt-cinq mille dollars pour l'établissement – ce qui est complètement dingue et justifie vraiment qu'on renverse sa tisane, voire qu'on la recrache.

En plus, je sais exactement ce que je ferai de ces vingt-cinq mille dollars : même à l'échelle d'un adulte, ça représente une somme suffisante pour l'acompte que ma sœur et son mari essaient d'économiser en vue d'acheter une maison.

Je ne peux pas être la main gauche de maman. Je ne pourrai jamais être une mère comme le sera Nonny.

Mais si je travaille dur, je pourrai colmater le trou noir financier qui inquiète ma sœur.

Je pourrai aider Thomas à revenir, pour qu'il ne soit plus obligé d'accepter des contrats loin de chez lui.

Les enfants ne sont pas toujours très gentils. Parfois, ils me rappellent qu'on m'a opérée du cœur, qu'il me manque un chromosome et que je ne suis pas douée en EPS. Mais si je parviens à accomplir un exploit aussi monumental, alors peut-être qu'à l'avenir j'aurai toujours en moi cette sensation de douceur et de chaleur, avec la tisane et la confiture sur le pain grillé, malgré les méchancetés que j'entendrai sur mon compte. Même si personne d'autre ne sait de quoi je suis capable, moi, je le saurai.

Il arrive parfois qu'une idée surgisse dans mon cerveau, tellement ronde et énorme qu'elle bloque presque tout le reste, comme une éclipse. Je sens que c'est exactement ce qui se passe avec cette idée de concours pour aider Nonny. Maman sait que mon cerveau peut fonctionner ainsi. Elle appelle ça ma « vision en tunnel ». Elle sait que je peux être hyper concentrée sur quelque chose qui brille tellement dans ma tête que c'est comme le soleil. Une idée qui éclaire tout le reste. Gagner ce concours et aider Nonny ? Oui, ça pourrait être mon soleil un certain temps.

Je pourrais le faire. Il faut que je le fasse.

LES QUESTIONS SILENCIEUSES

La présence de Nonny à la maison me donne le courage d'entrer en contact avec des inconnus, au collège. Si jamais ce n'est pas concluant, comme la dernière fois, je pourrai toujours chanter sur Celtic Woman avec ma sœur pour me remonter le moral. Et d'une certaine manière, je puise aussi mon courage dans ma nouvelle mission secrète.

À la pause de midi, je prends mon sandwich au beurre de cacahuètes et m'installe à une table de la cantine avec des filles que je ne connais pas. Comme l'une d'elles porte un tee-shirt qui arbore le logo de la NASA, je me dis que ça serait sympa de me joindre à leur bande. Quand je m'assois, elles me sourient, ce qui est bon signe. Je me présente et elles font de même. La fille avec le tee-shirt de la NASA s'appelle Charise.

On discute des cours, puis je leur parle de ma sœur, de son piano et de son mariage qui était magnifique, et aussi de la pâtisserie que tient ma mère.

– Elle fait des cupcakes avec un glaçage violet foncé saupoudré de vermicelles blancs qui font penser à des constellations, dis-je.

– Ah...

– Un jour, je l'ai aidée à en préparer. Il y avait ce grand saladier jaune en céramique que ma grand-mère nous avait donné, dans lequel on mettait les pommes. Je l'ai déplacé pour débarrasser le plan de travail et là, je l'ai fait tomber. Il a été carrément pulvérisé !

– Oh, non ! commentent-elles.

– Mais vous devriez passer goûter les cupcakes, un de ces quatre. Ils sont hyper bons. Il y en a au chocolat et à la vanille.

– D'accord.

Il me semble que tout se passe à merveille jusqu'à ce qu'elles aient fini de manger. Là, elles débarrassent leurs affaires et s'en vont sans un mot.

Ça ne fait rien. Je mange mon sandwich toute seule. J'imagine que je mange encore plus vite que d'habitude, car toute seule je discute moins. Il n'y a qu'à Cecilia Payne que je parle dans ma tête. Comment se fait-il qu'on arrive à comprendre les étoiles, mais pas les gens ? Je n'entends pas de réponse. Cependant, un petit carré de soleil pénètre à travers les stores du réfectoire et éclaire la chaise en face de moi.

À mon retour du collège, Nonny pose une assiette de tartines à la confiture sur la table basse du salon, à côté des documents qu'elle lit pour les cours à distance qu'elle vient de commencer. Elle téléphone, l'appareil calé entre son oreille et son épaule, mais elle a préparé l'encas tout spécialement pour moi.

Je sors mon livre de maths et fais mes exercices pendant que Nonny dit « ah bon ? » et « c'est pas vrai ! » Apparemment, son interlocutrice lui raconte quelque chose. À l'écouter comme ça, assise sur le canapé, j'ai l'impression d'avoir remonté le temps et de me retrouver à l'époque où ma sœur était au lycée. À ce moment-là, elle discutait toujours avec des tas de gens, comme elle le fait maintenant. Des dizaines de personnes savent que c'est elle qu'il faut appeler en cas de problème ou si elles ont des questions. Après une conversation avec Nonny, tout va déjà un peu mieux.

Pourtant, ma sœur ne parle pas beaucoup. Elle se contente de poser une question de temps en temps. Il faut croire qu'elle trouve toujours les mots justes.

Comment a-t-elle appris à dire ces mots magiques ? Est-ce que ça tient aux questions qu'elle pose ? Ou bien a-t-elle une façon particulière de faire comprendre à son interlocuteur qu'elle l'écoute pour de bon ?

Nonny ne dit rien pendant un long moment. Je me demande si ça ne fait pas partie de la magie. Elle a beau être silencieuse, je sais que son cerveau n'en rate pas une miette. Ce doit être un coup de main à prendre.

En général, je fais mes devoirs hyper efficacement et je m'y attelle dès que je suis rentrée. Mais aujourd'hui, au lieu de me concentrer sur mes maths, j'écoute ma sœur. Après avoir raccroché, elle glisse son portable dans sa poche arrière et vient s'asseoir à côté de moi, sur le canapé.

– Bon, comment s'est passée ta journée au collège, mon petit génie ? me demande-t-elle.

Bien sûr, je ne trouve pas les mots qu'il faut pour répondre. Alors je me contente de mordre dans une tartine. Nonny les prépare à la perfection : le pain est croustillant juste comme il faut, la confiture étalée en une couche généreuse sur toute la surface.

Nonny attend que je finisse ma bouchée pour que je lui réponde.

J'admets :

– Ce n'était pas franchement le meilleur jour de ma vie.

Elle coince une mèche de cheveux derrière son oreille, s'installe plus confortablement dans le canapé et me regarde. Une fois de plus, elle attend.

– Je… J'ai essayé de manger avec des gens que je ne connaissais pas, ce midi, dis-je. Il y avait une fille qui portait un tee-shirt de la NASA. Elle était sympa. Elle s'appellait Charise.

– C'est super, réplique Nonny.

– Mouais, je sais pas trop, dis-je.

– Ah ?

Je m'explique :

– En fait, je crois que leur bande était déjà constituée.

Nonny pose son bras sur le dossier du canapé. Ses longs cheveux tombent en cascade sur son épaule. Elle continue à me fixer, à attendre que je sois prête à m'exprimer. Parfois, c'est vraiment plus facile de rester assise en compagnie d'un carré de lumière ou de parler à l'esprit d'une grande astronome qu'aux gens dans la vraie vie. Au moins, dans ces moments-là, je ne risque pas d'être à côté de la plaque.

Je demande à ma sœur :

– C'était une copine, au téléphone ? Je me souviens que tu avais plein d'amis, au lycée.

– J'aime bien discuter avec les gens, confie Nonny. Surtout avec toi.

– De quoi est-ce qu'ils te parlent ? Tu es tellement douée ! C'est comme si ta parole était magique et qu'ensuite, ceux qui t'ont parlé retrouvaient le sourire.

Nonny rit.

– Ça m'étonnerait que ma parole soit magique !

Grâce à sa simple présence je me sens déjà mieux, alors même si elle le nie, je sais que j'ai raison.

J'insiste :

– Allez, dis-moi ta formule secrète !

– Il n'y a pas de formule, mais… Ça doit être quelque chose que je fais dans ma tête. Une sorte de truc, peut-être.

– Un truc ?

– Oui, il faut avoir le truc pour aller s'installer avec des gens qu'on ne connaît pas, mais c'est aussi valable pour les gens qu'on connaît déjà.

Je bois une gorgée de tisane et pose mon mug. Je veux être concentrée.

– Et c'est pour ça que tes amis t'appellent toujours pour te demander conseil ?

Nonny affiche un petit sourire. J'ai moins de mal à décrypter les petits sourires que les sourires évidents.

– C'est possible, répond-elle.

Après avoir croisé les jambes, je me tourne vers elle.

– Allez, dis-moi ce que c'est, ton truc !

– Ben… Quand on a envie de faire la connaissance de quelqu'un, il arrive qu'on ne sache pas par où commencer. Dans ce cas, c'est peut-être plus facile d'aborder des sujets qu'on connaît parce que, si ça se trouve, l'autre les connaît aussi.

Je manque de m'étouffer avec ma tartine. C'est exactement ce qui s'est passé avec les filles de la cantine !

– Et puis il y a des fois où quelqu'un te raconte qu'il traverse une période compliquée, et toi, tu ne sais pas trop quoi dire. Surtout quand tu sais que les paroles ne suffisent pas toujours.

Je m'aperçois que je suis en train de faire des nœuds avec le bas de mon pantalon. J'ai rarement abordé ce sujet, même avec Nonny.

– Même quand les gens ne parlent pas de choses compliquées, dis-je, c'est comme si j'avais toujours tout faux.

– Oh, Libby…

Elle pose une main sur mon genou et reprend :

– Ce n'est pas toujours évident de savoir quoi dire. Il arrive même qu'il y ait trop de choses à dire. Je sais que tu as toujours cinquante questions en réserve pour tout le monde et à propos de tout, et tu as peut-être du mal à trouver les mots justement parce qu'il y a beaucoup à dire.

J'acquiesce.

– Dans ces cas-là, poursuit-elle, mon truc, c'est de poser les questions dans ma tête. Il peut y en avoir une seule ou cinquante, comme celles que tu aimerais poser aux gens, sauf que moi, je le fais en silence.

Si je comprends bien, ça ressemble à mes discussions intérieures avec les personnalités que j'aime bien. Là, c'est exactement pareil, mais avec les gens de la vraie vie.

Je m'exclame :

– En gros, tu poses pile la bonne question car tu as éliminé les autres dans ta tête et il ne reste que la plus juste. C'est une question silencieuse !

– Une question silencieuse... Oui, ça me plaît bien ! approuve Nonny en riant. C'est tout à fait ça. Lorsque je pose une question silencieuse, c'est comme si l'univers m'aidait à n'entendre que ce qui est vraiment important.

J'ai la même impression que si je venais de poser mentalement le dernier élément d'un puzzle de mille pièces super difficile représentant la tour Eiffel. Partout, il y a des conversations silencieuses entre deux personnes ; entre une personne et l'univers. Ces conversations ne sont pas à sens unique. Je le sais parce que ça m'est déjà arrivé : par le biais de mes amis imaginaires, j'ai déjà conclu des pactes avec l'univers.

Il y a deux ans, ma mère est revenue de chez le médecin toute pâle et angoissée. Papa et elle ont eu une longue discussion, puis ils nous ont fait venir, Nonny et moi, sur le canapé.

– On m'a diagnostiqué un cancer de la peau, a annoncé maman. Je ne vais pas vous mentir, les filles, c'est une forme assez rare. Cela dit, les médecins pensent l'avoir détecté à temps. D'après eux, j'ai quatre-vingt-dix-neuf pour cent de chances d'en guérir.

Quand il s'agit de votre maman, le seul pourcentage acceptable, c'est cent pour cent.

Ils ont retiré un gros bout de peau sur l'épaule de ma mère, puis l'ont recousue. Elle en garde une longue cicatrice. Ils lui ont aussi enlevé quelques ganglions lymphatiques.

Quand maman s'est fait opérer, vous imaginez bien que j'ai longuement discuté avec l'univers.

Je lui ai parlé pendant des heures. Je me suis adressée à Rosalind Franklin en particulier. Selon moi, c'était la plus qualifiée pour nous aider. Elle s'y connaissait en génétique, en cellules. Alors j'ai conclu un pacte avec elle, et vous savez quoi ? Un mois plus tard, maman dansait, couverte de farine, dans sa pâtisserie.

Pleine de gratitude envers Nonny, je lui dis :

– On a beau avoir parlé d'Albert Einstein en cours aujourd'hui, notre conversation est encore plus intéressante !

Elle rit.

Faire rire Nonny, c'est ce que j'aime le plus au monde.

À CHAQUE JOUR SUFFIT SA PAYNE

Voici ce que je sais sur Cecilia Payne :

1. Elle a été la première étudiante, filles et garçons confondus, à obtenir un doctorat de l'observatoire de l'université Harvard, et la première femme à être nommée directrice d'un département de Harvard.

2. Elle a été la première à découvrir les éléments et composants chimiques d'une étoile.

3. Un professeur lui a dit qu'elle s'était trompée dans ses recherches avant de publier quatre ans plus tard les mêmes résultats qu'elle. C'est à lui qu'on a attribué les découvertes de Cecilia.

4. Elle ne figure pas dans mon manuel d'histoire.

Autrement dit, c'est la personne parfaite pour mon deuxième projet de l'année mais aussi pour le concours du Smithsonian. Dans ma tête, une petite voix geignarde ne cesse de me rappeler que mes concurrents seront pour la plupart des lycéens, mais ça ne m'effraie pas longtemps, car je sais que je vais travailler plus dur que les autres. Je vais écrire la meilleure lettre que les gens de l'institut aient jamais lue, et pas seulement pour une élève de cinquième. Après quoi, l'avenir de Nonny, Thomas et leur bébé sera assuré. Mes parents et Nonny se sont occupés de moi pendant des années et j'ai enfin l'occasion de faire quelque chose pour eux en retour. Quelque chose de génial.

Toutefois, si je veux écrire ma lettre sur Cecilia et réaliser le meilleur projet pour la faire connaître au grand public, je dois en apprendre davantage. Pour commencer, je dois vérifier quelque chose.

Je démarre mon ordinateur et, par habitude, je tape du pied par terre. Je pose mon bol de raisin blanc à côté de mon clavier, sur mon bureau. Après quelques clics rapides, je me retrouve sur le site de l'université Harvard. Cecilia n'apparaît pas dans mon manuel, mais puisque j'ai entendu parler d'elle dans un documentaire, je me demande ce que Harvard dit à son sujet. J'entre son nom dans la barre de recherche du site.

Bam ! En astronomie, je trouve un tas de conférences spécifiques qui portent le nom de Cecilia. Plutôt sympa de la part des gens de Harvard !

Je poursuis mes recherches. Je finis par tomber sur la liste des chercheurs ayant pris la direction du département d'astronomie depuis sa création. Et devinez ce que je découvre.

Il y en a eu dix-sept en tout. Seize hommes et une seule femme : Cecilia.

Je pense que ça fait d'elle quelqu'un d'encore plus spécial.

Selon moi, les directeurs du département d'astronomie sont forcément des gens cool. Après tout, ils étudient les étoiles, non ? Dommage que Cecilia soit la seule femme. Cela dit, je me demande si davantage de filles s'orienteraient vers ce genre d'études si elles connaissaient Cecilia.

Pour votre information, depuis que j'ai l'âge d'aller à l'école, j'ai dû rester à la maison pour cause de maladie plus souvent que les autres élèves. Je crois néanmoins que rater les cours peut valoir le coup si c'est pour regarder des documentaires sur des gens super géniaux du monde entier. À cause du syndrome de Turner, j'ai eu plus d'otites que la plupart des enfants, et apparemment mon système immunitaire se défend aussi bien que s'il était armé d'un pistolet à eau. Mais ça ne fait rien. Connaître Cecilia valait bien une petite grippe. Si c'était à refaire, je recommencerais sans hésiter.

J'aime aussi apprendre des choses chouettes en médecine, sûrement parce que je passe beaucoup de temps chez le docteur. Il y a une quantité folle de trucs fascinants et bons à savoir. Quelques-uns sont moins cool, cela dit.

Par exemple, au moment de l'accouchement, il se peut que le bébé n'arrive pas la tête en bas. Dans ce cas, c'est très dangereux pour le bébé et pour la mère. Ils peuvent même mourir. Ça s'appelle un accouchement par le siège.

Parfois, il arrive que le bébé naisse bien trop tôt. C'est comme sortir des muffins du four alors que la pâte n'est pas encore cuite. Sauf que, chez le bébé, ce sont ses organes, comme son cœur, ses poumons et son cerveau, qui ne sont pas complètement formés. Ça s'appelle une naissance prématurée.

Et puis il y a aussi les fois où le corps de la mère sait que le bébé a un problème, comme un chromosome manquant, et décide de l'expulser. Que la mère le veuille ou non. Encore un terme impressionnant : c'est la fausse couche.

Maintenant qu'un bébé va vraiment arriver dans notre famille, je n'arrive pas à chasser tous ces mots de ma tête. Allongée sur mon lit, les yeux rivés sur mes affiches au mur, je réfléchis à ma lettre et à tout ce que je sais sur la grossesse. Je crois que c'est ça qui me donne une idée.

Tout converge vers Cecilia.

Il est temps de conclure un pacte avec l'univers. Le pacte le plus important que j'aie jamais conclu.

Il y a deux affiches près de mon lit : l'une représente les muscles du corps humain (qui sont beaucoup plus difficiles à mémoriser que les os), et l'autre la Voie lactée.

J'entends maman et Nonny rire dans la cuisine, au bout du couloir. Depuis l'arrivée de ma sœur, on ne parle que du bébé. Elle saura le mois prochain si c'est un garçon ou une fille. Thomas et elle n'ont pas encore choisi le prénom.

Je sais exactement qui pourra m'aider à conclure mon pacte. Cecilia n'était pas biologiste, mais elle a découvert de quels éléments mystérieux et magnifiques étaient composées les étoiles. Les êtres humains ne naissent-ils pas grâce à une multitude d'éléments tout aussi mystérieux et magnifiques ? S'il y a quelqu'un dans l'univers qui saura faire en sorte que le bébé de Nonny naisse en parfaite santé, c'est peut-être Cecilia. En plus, elle a eu trois enfants. Elle sait ce que c'est.

Pour moi, il ne fait aucun doute que Cecilia est l'une des femmes les plus intelligentes ayant jamais existé. Elle est là, au milieu de mes grandes questions ; elle est ma réponse et ma solution pour aider Nonny à régler son trou noir financier, mais aussi pour lui garantir un bébé en bonne santé.

Je vais à la fenêtre de ma chambre pour contempler le ciel dégagé encore clair. Vous vous souvenez de la chanson *Quand on prie la bonne étoile* dans le dessin animé *Pinocchio* ? Vous vous êtes déjà demandé d'où vient l'idée de faire un vœu lorsqu'on voit une étoile filante ? J'ai cherché, un jour, et ça remonte à loin. À très loin. Un Grec appelé Ptolémée a écrit que lorsque les dieux ne supportaient plus leur routine divine, ils se penchaient depuis les cieux pour observer le monde des mortels, ce qui décrochait parfois une étoile par accident.Donc quand on voyait une étoile filante, ça voulait dire que les dieux vous observaient. Ça voulait dire qu'ils vous écoutaient et que, peut-être, ils exauceraient votre souhait.

En plein après-midi, je ne risque pas de voir des étoiles, encore moins des étoiles filantes. N'empêche, je sais qu'elles sont là.

Voilà ce que je demande, Cecilia Payne, me dis-je.

Pas de complications.

Pas de malformations.

Pas de chromosome manquant. Pas de chromosome en plus. Pas de syndrome.

Je sais que les pactes avec l'univers marchent dans les deux sens et qu'en retour je dois accomplir quelque chose pour Cecilia. Quelque chose d'important pour elle, afin qu'elle fasse quelque chose d'important pour moi. D'extrêmement important. C'est comme verser le bon ingrédient dans la soupe de l'univers jusqu'à ce qu'il tourbillonne, tourbillonne et revienne vers nous. L'autre fois, quand j'ai conclu le pacte avec Rosalind Franklin, j'ai utilisé le projet en papier mâché qu'on devait faire en arts plastiques. J'ai sculpté un grand brin d'ADN torsadé. Malgré tout le mal que je me suis donné, le résultat s'émiettait et penchait un peu, mais j'ai peint le nom de Rosalind plusieurs fois à l'intérieur, comme s'il faisait tenir l'ensemble. Et c'est ce qui s'est passé. Maman a guéri.

Qu'offrir en échange cette fois-ci, alors ? Mon livre d'histoire, au pied de mon lit, est ouvert à la page d'Eleanor Roosevelt. C'est elle que je vais choisir pour mon premier exposé, parce que je n'arrive pas à me sortir de la tête la phrase que Mme Trepky nous a citée : « Personne ne peut vous faire sentir inférieur sans votre consentement. » Et quand j'observe les photos d'Eleanor, je lui trouve un physique un tout petit peu étrange, ce qui me donne envie d'en apprendre plus sur elle. Je suis contente qu'elle figure dans mon manuel ; ainsi, beaucoup d'autres filles au physique étrange pourront lire des choses à son sujet.

Je me dis que ça serait bien que Cecilia y soit aussi. C'est l'idée qui me vient pour le projet à présenter au concours des femmes du pôle scientifique du Smithsonian.

Je promets à Cecilia :

Je ferai en sorte que vous soyez dans mon livre d'histoire.

N'est-ce pas le meilleur moyen de faire connaître cette scientifique et son œuvre ? Mme Trepky m'aidera. La date limite du concours et celle prévue pour l'accouchement de ma sœur se suivent à quelques jours près. Alors, si mon idée fonctionne, ce sera comme si les planètes s'alignaient, chacune renvoyant la lumière dans notre direction au même moment.

Je ferai en sorte que Cecilia figure dans le livre, puis je remporterai le premier prix du concours.

Voilà la mission que je me donne.

Voilà mon souhait.

Après avoir promis, je réalise la tâche qui m'attend. Une sensation glacée s'infiltre dans mes mains. Les lycéens ont beaucoup plus d'expérience que moi : rédiger une lettre du même niveau que le leur ne sera pas facile. En plus, je ne sais même pas qui fait les manuels scolaires. Peut-on téléphoner aux gens qui font les manuels ? Existe-t-il des gens qui font les manuels ?

Je vais devoir me pencher là-dessus.

Parce que... et si le bébé souffrait ou était malade ? Et si Nonny souffrait ? Et si... ?

Non, hors de question que je pense à ça. Je vais écrire la meilleure lettre, la travailler jusqu'à ce qu'elle brille si fort que les membres du jury ne pourront pas l'ignorer. Ils découvriront Cecilia à travers mes mots et le monde entier fera la connaissance de cette femme extraordinaire qui a découvert de quoi sont faites les étoiles. En échange, Cecilia veillera à ce que tout aille bien pour Nonny et son bébé.

Il le faut.

Donnez à Nonny un bébé parfait. Un bébé intact, en bonne santé.

Voilà ce que je souhaite de tout mon être, jusque dans le noyau de chacune de mes cellules. Cecilia a dû voir des tonnes d'étoiles filantes dans sa vie… Pourvu que ça suffise.

COMMENT NE PAS SE FAIRE D'AMIS

Quelques jours plus tard, quand j'apporte mon déjeuner à la bibliothèque, je trouve Talia assise dans le fauteuil à côté des magazines *National Geographic*. Là où je m'installe d'habitude.

Quand je la vois, je m'arrête, mais elle ne me voit pas. Calée au fond du siège, elle a les yeux fermés, ses écouteurs dans les oreilles. Je m'avance vers elle et remarque sur son téléphone le mot « Logic» écrit en style graffiti.

Quand je la regarde de nouveau, je me rends compte qu'elle m'observe.

Je demande :

– C'est quoi, Logic ? Un groupe ?

Elle ne répond pas tout de suite. Je réalise qu'elle a l'air contrariée que j'aie regardé son téléphone.

Socialement, ce n'est peut-être pas tout à fait acceptable, donc évidemment, c'est ce que j'ai fait : après tout, je suis toujours du genre à mettre les pieds dans le plat.

Talia soupire et ôte un de ses écouteurs.

– C'est pas un groupe. C'est un rappeur.

– Ah, dis-je. Je n'ai jamais entendu parler de lui.

Les épaules de Talia s'affaissent. Elle soupire de nouveau.

– Je savais bien qu'on était dans un trou perdu…

Je lui demande :

– Et toi, d'où tu viens ?

Sa main se fige en l'air. Elle allait remettre son écouteur. Je m'aperçois que je viens de l'interrompre une deuxième fois, alors qu'elle s'apprêtait à écouter sa musique, et que je dois sûrement l'embêter. Puis je me rends compte qu'elle a insulté la ville où j'ai grandi. Un trou perdu ? Ça me paraît injuste. On a quand même une université, à Boulder.

– De San Francisco, répond-elle. Mais je suis originaire des Samoa, puisque c'est la question que tu poses, au fond. Maintenant, je peux écouter ma musique, s'il te plaît ?

– Oh, dis-je, sans savoir quoi ajouter.

J'emporte mon déjeuner à l'autre bout de la salle, où se trouvent les manuels scolaires.

Les questions silencieuses ! Je les avais oubliées ! Pourtant, ç'aurait été l'occasion rêvée d'essayer.

C'est tout moi, de foncer tête baissée et d'oublier les questions silencieuses.

Je soupire. Tant pis, je retourne aux manuels.

Aux manuels parus chez Knight-Rowell, surtout. C'est la maison d'édition qui a publié mon livre d'histoire, *L'Amérique moderne : vue d'ensemble*. J'ai fait des recherches.

C'est la sixième édition. Si je pouvais inciter les éditeurs à en sortir une septième et faire en sorte que Cecilia y figure, ça pourrait être le sujet de ma lettre pour le concours.

Je me retrouve devant une pile d'une dizaine de livres quand je me souviens que je n'ai pas encore mangé. Je sors mon sandwich à la banane et au beurre de cacahuètes, puis je vois que Talia me regarde.

– Tu lis des manuels d'histoire pour le plaisir ? m'interroge-t-elle après avoir retiré un écouteur.

J'observe les ouvrages à mes pieds. Je reconnais que j'en tire un certain plaisir, mais ce n'est pas le mot que j'aurais utilisé. Je rectifie :

– C'est important.

– Si tu le dis, rétorque-t-elle avant de remettre son écouteur.

EXPOSITION D'ARTS PLASTIQUES

J'ai fait des recherches sur les îles Samoa.

Devinez ce que j'ai appris…

Les fonctionnaires du gouvernement des différentes régions des Samoa s'appellent les *matai*. Il y en a vingt-cinq mille en tout, dont cinq pour cent seulement sont des femmes. Une des personnes les plus cool que j'aie trouvées est une ancienne ministre de la Communication et des Technologies aux Samoa qui s'appelle Safuneitu'uga Pa'aga Neri.

Ça doit être le nom le plus incroyable de la planète, je pense.

Et sinon, qu'est-ce que j'ai trouvé d'autre ?

Les Samoa se sont formées à partir de volcans. Autrement dit, des volcans sous-marins sont entrés en éruption et *boum !* les Samoa sont apparues. C'est merveilleux, non ? Sur les îles, certaines zones sont en fait de grandes étendues de lave solidifiée.

Ce soir, on s'entasse tous dans la voiture pour aller à l'exposition d'arts plastiques du lycée de papa, où ses élèves présentent leurs œuvres. Tous les ans, ils organisent un vernissage. Chez nous, c'est un peu l'équivalent d'un jour férié : on mange au restaurant, on s'offre une glace… Pendant le trajet, à l'aller, je parle à mon père d'un artiste que j'ai découvert au cours de mes recherches : un peintre samoan appelé Fatu Feu'u. Il vient d'un petit village et ses toiles sont exposées dans le monde entier.

Une fois dans l'établissement, papa nous guide dans les couloirs et nous montre les œuvres de ses élèves comme s'il était conservateur dans un musée. Il nous explique que le travail de l'année portait sur l'ombre des mains et que les techniques employées devaient être le fusain et le crayon à papier. Le résultat ressemble à des peintures rupestres, qu'on trouvait dans les grottes préhistoriques. Papa nous commente chaque œuvre, précisant qu'ils ont étudié les surfaces positives et négatives et que le trait n'est pas dessiné, seulement suggéré. Comme à son habitude, il appelle ses élèves « mes enfants ». Mon père est tellement génial que ça ne me dérange pas de le partager. Il a l'air aussi fier de ses élèves que s'ils avaient découvert une nouvelle espèce ou conquis l'Everest.

Après l'exposition, comme la tradition l'exige, nous allons manger une glace. J'envoie des photos des œuvres à Thomas. Il répond par un selfie où il tient une feuille avec un bonhomme bâton horriblement dessiné. Je suis tellement morte de rire que je manque de m'étouffer avec ma glace au chocolat. Nonny n'arrête pas de remercier nos parents de prendre si bien soin d'elle. Je suis presque sûre que ses pensées sont constamment aspirées par le trou noir financier.

Je montre à papa des tableaux de Fatu Feu'u sur mon téléphone. Il peint des motifs colorés qui rappellent des dessus-de-lit en patchwork, avec des fleurs, diverses formes et parfois des visages aux yeux écarquillés. Je me demande si Talia a entendu parler du village où il est né. Ou si elle a des ancêtres qui viennent du même endroit.

Les tableaux plaisent à papa. Il pense même pouvoir les montrer à ses élèves et leur demander un travail dans le même esprit. Je lui parle d'une association d'artistes que Fatu Feu'u a fondée avec quelques amis. Papa dit que ça doit être quelqu'un de vraiment cool.

Je suis du même avis.

ÉCRIRE EN CINQUIÈME

Je réfléchis sérieusement à la façon dont je vais exposer mon idée à Mme Trepky pour le concours de l'institut. Inutile que je lui parle du pacte conclu avec l'univers ou du trou noir financier. Même sans mentionner ça, je sais que ma prof peut m'aider à rédiger la meilleure lettre qui ait jamais été écrite. Je sais qu'elle sera prête à le faire.

Je reste après le cours, quand tout le monde a récupéré ses affaires et est parti manger.

– Madame Trepky ?

Assise sur sa chaise, elle sort un livre.

– Que puis-je faire pour toi, Libby ?

Je remonte mon sac sur mon épaule et me plante devant son bureau.

– J'ai une question à vous poser.

– Parfait. Je t'écoute.

Elle s'adosse à sa chaise.

– C'est à propos de ce que vous avez dit sur le concours du Smithsonian, où les candidats doivent monter un projet et écrire une lettre.

– Oui ?

– Je me demandais si... En fait, je me disais que j'aimerais vraiment y participer, et je voulais savoir si vous accepteriez de relire ma lettre quand je l'aurai écrite, pour m'aider à l'améliorer.

Mme Trepky sourit, ce qui arrive rarement. C'est un sourire enthousiaste, pas un sourire qui veut dire : « Comme elle est mignonne ! »

– Ce serait avec plaisir, répond-elle.

– C'est pour février, donc on a le temps, mais je voudrais commencer à travailler dessus dès maintenant, pour qu'elle soit aussi bonne que possible.

– Aimerais-tu écrire un brouillon ce week-end et me le donner pour que je le regarde ? propose-t-elle.

Je savais qu'elle poserait une bonne question.

Je m'enthousiasme :

– Ce serait top !

– Voici ce qu'on va faire. Si tu te mets à travailler sur ta lettre pour le concours, je la relirai dès que tu te sentiras prête. Et à la fin de l'année, si tu veux me donner ta lettre comme devoir supplémentaire, je serai ravie de t'attribuer des points en plus. Même si je doute que tu en aies besoin.

– Ça... Ça serait génial ! dis-je en me limitant à un seul petit bond au lieu de sautiller sur place comme j'en ai envie.

Mme Trepky affiche sur son ordinateur le règlement du concours et me l'imprime pour m'en donner un exemplaire. Je prévois de le scotcher sur le mur au-dessus de mon bureau. Ça me permettra de trouver des solutions. Des solutions à des tas de problèmes.

Je glisse avec soin le document dans mon manuel et me dirige vers la sortie.

Vous voyez, Cecilia, dis-je dans ma tête. *Je n'ai pas perdu de temps. Vous me regardez, n'est-ce pas ? Vous allez m'aider ?*

– Libby, m'appelle Mme Trepky. Exprime-toi à l'oral et à l'écrit avec autant de clarté que tu le fais dans mon cours, et ils t'écouteront.

– Merci, dis-je.

Puis, en pensée, j'ajoute :

Ils ont intérêt.

COCO-FESSES

Dustin Pierce est du genre à s'intéresser aux nouveaux élèves.

Je les ai entendus, ses potes et lui, trouver des surnoms qui commencent presque tous par une lettre différente de l'alphabet. Apparemment, ils se creusent plus la tête pour ça que pour faire leurs devoirs.

En ce moment, ils ne font pas attention à moi.

Mais avant, c'était une autre histoire. Surtout avec Dustin.

Vous voyez, il y a encore une chose qu'on peut avoir avec le syndrome de Turner. J'ai de petits grains de beauté marron sur les bras et les jambes, et même sur le visage. Des tas de gens ont des grains de beauté (Marilyn Monroe en avait un très joli près de la bouche), mais parfois, avec le syndrome de Turner, on en a un peu plus que la moyenne.

Avant, j'en avais un sur le menton qui inquiétait les médecins. Du coup, on me l'a retiré. Vous voulez savoir à quel point c'est bizarre et cool quand on vous retire un grain de beauté ? On m'a fait une minuscule piqûre d'anesthésie locale sur le menton, puis, à l'aide d'un scalpel, on l'a directement raclé. Il a fallu creuser un peu pour s'assurer qu'avec le soleil, il ne deviendrait pas cancéreux un jour, et j'ai même eu des points de suture.

Vous vous souvenez que j'ai une cicatrice sur le flanc ?

Eh bien j'en ai une autre, toute petite, sur le menton, laissée par les points.

Du coup, Dustin m'avait trouvé un surnom qui commençait par F : Fiancée de Frankenstein.

Maintenant, Dustin et sa bande m'appellent moins souvent comme ça, et tant mieux. Parce qu'ils se sont lassés et qu'ils préfèrent s'en prendre aux nouveaux élèves.

Il m'arrive de me demander si ce surnom est utilisé par d'autres personnes, mais comme mon audition n'est pas parfaite, je ne les entends pas. Et peut-être que, si je ne les entends pas, c'est que ça n'a pas d'importance. Pas vrai ?

À la fin des cours, je vais récupérer mes affaires dans mon casier. J'ai gardé le règlement imprimé par Mme Trepky dans la couverture intérieure de *L'Amérique moderne : vue d'ensemble*.

Deux casiers séparent celui de Talia du mien. Chaque fois qu'on est ensemble en cours, j'essaie de penser à lui sourire, mais on ne s'est pas reparlé depuis la bibliothèque. Elle a ses écouteurs en permanence. En plus, elle n'a pas l'air d'avoir envie de discuter.

Par contre, il y en a d'autres qui lui parlent.

Ou plutôt qui parlent d'elle.

Dustin Pierce et ses deux copains passent à côté de nos casiers pendant que Talia ôte ses écouteurs et les fourre dans sa poche.

– Salut, Coco-fesses ! lance Dustin.

Ses complices ricanent et ils accélèrent le pas en gloussant.

Talia se pétrifie, quelques secondes seulement. À la manière dont ses épaules se contractent, je comprends qu'ils l'ont appelée comme ça toute la journée. Elle laisse tomber son sac avec un bruit sourd puis redresse les épaules. Elle ouvre son casier.

Des dizaines et des dizaines de bouts de papier en tombent. Certains volettent avant de toucher le sol. Encore un coup de Dustin et sa clique. Aussitôt, Talia se baisse pour les ramasser.

Je m'agenouille à côté d'elle pour l'aider, et c'est là que je réalise.

Ce ne sont pas juste des bouts de papier.

Ce sont des photos.

Des photos de fesses.

Des centaines de photos de fesses. De grosses fesses, pour certaines. Des fesses énormes, avec des vergetures et des rides.

Talia a le visage tout rouge. Sa bouche est réduite à un trait.

Qu'est-ce qu'on est censée dire quand on est agenouillée dans le couloir, à ramasser des fesses ?

Talia et moi récupérons toutes les photos et les froissons avant de les jeter à la poubelle. Le visage de Talia reste fermé. Si j'étais à la place de Dustin Pierce, je serais terrifié en voyant Talia serrer les poings.

Dans certaines situations, j'aimerais vraiment avoir les mots justes. Sauf que je ne les ai pas.

Cette fois, je me souviens des questions silencieuses. Je pense à tout ce que j'aimerais dire et demander, et j'attends que l'univers me guide. Je voudrais dire à Talia que je suis de son côté, que je suis son amie. Est-ce quelque chose que les gens disent en silence, d'habitude ?

Les questions silencieuses m'aident dans ma tête. Je sais qu'au moins, j'essaie de dire ce qu'il faut, et je ne me sens pas aussi nerveuse que les autres fois. J'ignore dans quelle mesure les questions silencieuses aident Talia. Peut-être qu'on n'arrive pas à les entendre lorsqu'on est en colère. Je ne lui en veux pas. Pas du tout.

Finalement, je demande :

– Tu crois qu'on devrait le signaler ?

Talia referme son casier d'un geste sec et ramasse son sac à dos.

– T'avise pas d'en parler à qui que ce soit.

PREMIER JET

Sitôt rentrée à la maison, je sors le règlement de mon sac et le pose sur mon bureau. Sur l'ordinateur, je dresse une liste des points que je voudrais aborder à propos de Cecilia. Par exemple, le fait qu'elle a grandi en Angleterre et qu'elle est partie vivre aux États Unis. Ou ses enfants. Ou son poste à Harvard, et comment elle a trouvé de quoi sont faites les étoiles.

Je tombe sur un formulaire de contact sur le site des éditions Knight-Rowell. Après avoir travaillé sur ma liste, je remplis le formulaire. J'entre mon nom, mon adresse mail, et j'écris que j'aimerais leur soumettre une idée géniale. Une idée qu'ils vont adorer. Une idée pour la prochaine édition d'un manuel qui inclurait Cecilia Payne.

Puis je retiens mon souffle. Et je clique sur ENVOYER.

Quand j'aurai leur réponse, le projet sera officiellement lancé.

Le règlement du concours stipule que les lauréats seront contactés un mois après la date limite de dépôt des lettres. Autrement dit, au printemps prochain, je remporterai peut-être la somme de vingt-cinq mille dollars. Nonny pourra envisager d'acheter sa maison, en louer une ou faire ce qui sera le plus utile pour elle. Cecilia veillera sur la santé du bébé de ma sœur. Autrement dit, en mars, Nonny verra Thomas. Moi qui ai une pièce manquante dans mon corps, je vais en intégrer une dans la vie des personnes qui me sont chères.

C'est dans mes cordes.

Je voudrais que Nonny, mes parents et tout le monde me regardent et voient que je peux être un soutien, sans forcément devoir être soutenue. Je le souhaite si fort que c'est comme si mon aorte était de nouveau comprimée. Mais pas cette fois.

Cette fois, je serai celle qui arrange les choses, et non celle qu'on essaie d'arranger.

Juste pour cette fois.

Après avoir envoyé mon message aux éditions Knight-Rowell, je tente de travailler sur ma lettre. C'est là que les mots se mettent à tourbillonner dans mon cerveau. Impossible de me concentrer. Je suis sans cesse distraite.

Je n'arrête pas de voir le visage rougi de Talia et ses épaules voûtées quand les autres l'ont insultée. Voûtées comme si on l'avait frappée.

Je suis bien placée pour savoir que Dustin et ses copains se trouvent toujours particulièrement malins quand ils inventent un nouveau surnom. Mais en réalité, ils sont bêtes. J'aimerais le dire à Talia.

Mes pensées me semblent aussi éparpillées que les étoiles dans la Voie lactée. Je ne sais pas ce qu'il convient de faire dans une situation pareille. L'expression triste et fâchée de Talia me hante. Je pourrais laisser tomber et me contenter de lui sourire la prochaine fois qu'on sera assises côte à côte en histoire, mais ça me paraît léger. Il faut agir, frapper fort, pour que Talia sache qu'elle n'est pas seule. Je dois lui prouver qu'on est amies.

Plus j'y pense, plus les tourbillons dans ma tête prennent la forme d'une idée. D'une idée dingue.

Autrement dit, pour employer un mot appris en cours : une idée audacieuse, ce qui veut dire qu'on est prêt à se lancer dans une action risquée, au mépris du danger.

D'habitude, je ne me sens pas audacieuse. Mais mon idée l'est. Et peut-être que, pour se faire des amis, il faut savoir faire preuve d'audace.

Je me demande si les idées naissent de la même manière que les étoiles : à partir de nuages de gaz et de poussière accumulés qui finissent par exploser.

En silence, je bénis Mme Trepky de nous avoir demandé, à Talia et moi, d'échanger nos numéros. Je sors mon téléphone de mon sac à dos et tape : *Salut, c'est Libby, du collège. Pour Dustin… J'ai une idée. Je pense que ça va te plaire.*

ENVOYER.

Allongée sur mon lit en attendant sa réponse, je ne peux pas m'empêcher de sourire.

Faire preuve d'audace, ça va être drôle.

UN RENDEZ-VOUS MÉDICAL, MAIS PAS POUR MOI

Deux jours plus tard, Nonny a rendez-vous chez le gynécologue-obstétricien, le médecin spécialiste de la grossesse et de l'accouchement.

Elle a dit que je pouvais l'accompagner.

Maman vient me chercher à la sortie du collège. Quand je cours vers la voiture, Nonny me fait un signe depuis le siège passager avant.

– Comment s'est passée ta journée ? me demande maman.

– Super ! dis-je.

Je ne lui parle pas du plan que Talia et moi avons mis au point quand nous étions à la bibliothèque, pendant la pause-déjeuner. Nous avons prévu de passer à l'action tôt dans la matinée du lundi.

Mon idée a plu à Talia, ce qui me réjouit. Ça veut dire que Talia finira peut-être par apprécier la personne qui l'a eue. Sa complice.

Autrement dit, moi.

Je pose mon sac à dos sur le siège voisin et nous nous mettons en route pour le cabinet médical.

Contrairement à beaucoup de personnes, je me sens en sécurité dans les cabinets médicaux. C'est peut-être parce que j'y passe beaucoup de temps. Je vois le même genre de médecins que tout le monde, par exemple le pédiatre et le dentiste. Mais je vois aussi des spécialistes. J'en vois un dont la spécialité est le syndrome de Turner et son traitement par injections. C'est un endocrinologue. J'en vois un qui est spécialiste du cœur : un cardiologue. Et un autre pour mes problèmes d'audition : un ORL. Ça veut dire « oto-rhino-laryngologiste », le spécialiste des oreilles, du nez et de la gorge. L'abréviation est plus simple à retenir, pas vrai ?

J'aime bien aller chez le médecin, même quand c'est la première fois que je le rencontre. Tout est propre, rangé, et on parle à quelqu'un qui apporte des solutions aux problèmes. Ou qui s'assure de manière certaine que rien n'est cassé. (Mon ORL a même une caméra miniature branchée à un écran. Quand il l'introduit dans mon oreille, on voit apparaître tout le tympan et le cérumen… Impressionnant !)

Une fois dans la petite pièce aux murs blancs, Nonny s'allonge sur le papier froissé. En fait, ça me fait drôle de n'être pas moi-même allongée sur la table d'examen, pour une fois. Ma sœur soulève son tee-shirt et dévoile son ventre à la peau laiteuse qui pointe depuis peu.

Le docteur Willoughby s'approche sur son tabouret à roulettes. Sur le bas-ventre de Nonny, il presse un tube dont sort une pâte visqueuse d'un bleu transparent. Puis il prend un outil qui ressemble à un pommeau de douche en plastique blanc et le passe sur le ventre de Nonny enduit de gel bleuté.

C'est là que se produit quelque chose de magique sur l'écran auquel l'étrange pommeau de douche est branché. (Il y a toujours des programmes télé géniaux, chez les médecins !) Sur le moniteur qui jusque-là n'affichait que de la neige, on voit soudain une sorte de cavité noire. Et dans cette cavité, un petit haricot.

Un haricot humain.

Le bébé haricot de Nonny.

On dirait un vaisseau spatial au milieu d'une galaxie lointaine, pleine de tourbillons.

Puis on entend du bruit. Un son un peu humide et spongieux qui ressemble aux bruits de succion des chaussures quand on marche dans la boue. *Squitch, squitch, squitch.*

Le haricot a un cœur qui bat.

Le docteur Willoughby sourit.

Nonny regarde maman et sourit à son tour.

Maman pose une main sur sa bouche et fait :

– Oooh !

Je ne peux pas m'empêcher de fixer le minuscule haricot gris tacheté. C'est un bébé, à la télé. Le bébé de Nonny.

Mon bébé.

Enfin, ma nièce. Ou mon neveu. Je pencherais plutôt pour nièce.

Le visage resplendissant de Nonny me fait penser à un autre mot que j'ai appris : radieuse. Qui brille d'un vif éclat, rayonnant de joie.

Le docteur Willoughby commence à expliquer des choses à Nonny. Même si je reste concentrée sur l'écran et les bruits mouillés, les modulations de la voix du médecin et ses yeux pétillants me disent tout ce que j'ai besoin de savoir.

Tandis que les adultes parlent de la taille du minuscule bébé, je regarde ce qui, d'après le médecin, correspond au visage du fœtus. Le petit nez, les lèvres. Et si le bébé était une fille ? Et si elle naissait avec des grains de beauté sur les joues, comme les miens ? Et si elle était de petite taille, avec une cage thoracique toute ronde, elle aussi ? Pendant la demi-seconde d'intervalle entre chaque battement, une pensée de la taille d'une tête d'épingle s'insinue dans mon esprit.

Et si je n'étais pas la seule ?

La seule à avoir un chromosome manquant et un syndrome ?

Non. Cette pensée n'a aucun sens. En plus, je ne suis pas seule. Au contraire. Dans cette pièce, il y a deux personnes qui me connaissent par cœur, qui m'aiment et me soutiennent depuis toujours. Je n'ai pas besoin de plus.

Non, le bébé de Nonny sera grand et n'aura aucun mal à se faire des amis, comme sa mère. Pas de piqûres, pas d'opérations. Aucun problème ; tout ce qu'il faut, là où il faut.

Je demande en silence :

Vous voyez, Cecilia ? Vous entendez ce tout petit cœur qui bat ? Vous ne laisserez rien de mal arriver à cette petite protoétoile dans le ventre de Nonny, hein ? N'oubliez pas notre pacte. Ma promesse.

L'AUDACE

Lundi, je me réveille avant que l'alarme de mon réveil se déclenche.

Aujourd'hui, c'est le jour où je vais être audacieuse.

Je tâche de ne pas trop m'agiter ni me précipiter.

– Qu'est-ce que tu as, ce matin ? Des fourmis dans le pantalon ? me demande ma mère malgré mes efforts.

– Je suis juste pressée d'aller au collège, dis-je.

Je lui explique que je dois m'y rendre tôt pour travailler à deux sur un projet. Comme maman croit que je suis tout excitée à la perspective de faire quelque chose avec une amie, elle ne me pose pas de trop de questions.

Techniquement, ce n'est pas un mensonge, mais je culpabilise quand même.

Avant de sortir pour monter dans la camionnette, je prends dans le cellier un tube de glaçage au chocolat (celui acheté tout prêt que j'étale sur des biscuits, pas celui que ma mère prépare elle-même) quand maman a le dos tourné, et le glisse dans mon sac à dos. Talia se charge d'apporter le reste du matériel.

Arrivée devant le collège, je salue hâtivement ma mère et m'élance à l'intérieur.

Talia est déjà là. Elle m'attend devant son casier.

À ses pieds, je vois un grand seau vert plein de sable et deux petites pelles assorties. Le plus merveilleux, c'est que Talia me sourit quand elle me voit. Ça me fait sourire aussi.

– Prête ? demande-t-elle.

Je sors le glaçage au chocolat de mon sac.

– Oh que oui !

Nous avons décidé de nous y prendre tôt, car nous savions que nous serions seules. Les professeurs sont soit en réunion, soit dans leurs salles. Il n'y a pas encore d'élèves en vue. Le couloir est désert, et c'est exactement ce qu'il nous faut.

Nous regardons à gauche et à droite, comme avant de traverser une rue. Une fois assurées que la voie est libre, nous courons jusqu'au casier de Dustin Pierce. Talia n'est même pas ralentie par le poids du seau qu'elle porte, parce qu'elle est très costaude. Elle pourrait battre au bras de fer n'importe lequel de nos camarades de classe, voire Mme Trepky, même si quelque chose me dit que notre prof est beaucoup plus forte qu'elle en a l'air.

Arrivées à destination, nous vérifions une fois de plus qu'il n'y a personne. Une odeur de chaussettes sales et de chips rances s'échappe du casier de Dustin.

Talia m'observe un moment, un sourcil haussé. Puis elle me sourit de nouveau et me tend une des deux pelles. Avec l'autre, elle prend une bonne quantité de sable puis, lentement et soigneusement, elle le verse par les fentes du casier de Dustin.

Un mince filet de sable s'en échappe mais pas beaucoup. Pas au point qu'on le remarque.

Maintenant, c'est trop tard pour reculer.

Je mets une autre pelletée dans le casier. Je ne suis pas aussi habile que Talia et il y a du sable qui tombe par terre. D'un coup d'œil à la ronde,

Talia s'assure une énième fois que nous sommes seules puis, avec son pied, elle étale dans le couloir le sable tombé par terre.

Nous ajoutons des pelletées et encore des pelletées dans le plus grand silence. Je n'entends rien à part le bruit du sable qu'on manipule. (Mais Talia aurait entendu avant moi si quelqu'un arrivait.) C'est presque trop facile.

Une fois qu'on a mis autant de sable que possible à travers les fentes du casier, Talia prend le tube de glaçage au chocolat et l'ouvre.

– C'est quand même dommage de gâcher un truc aussi bon pour un abruti pareil, déplore-t-elle.

Là-dessus, elle me fait un clin d'œil et en verse une bonne giclée sur ses doigts.

Chplaf! Elle étale directement le chocolat sur la porte du casier, y laissant l'empreinte de sa main. Elle me tend le tube. À mon tour, je m'en presse une belle quantité.

Chplaf! Et voilà, je laisse à mon tour la trace de ma main.

Talia remet ça et dessine avec le glaçage. Elle transforme nos empreintes de mains en deux gros cacas. Elle en étale encore en bas du casier pour empêcher le sable de s'écouler. Puis elle signe d'un *C-F* bien visible.

Je lis sur son visage : « Prends ça. »

Je m'efforce de dessiner aussi distinctement que possible un petit monstre de Frankenstein au milieu de mon empreinte chocolatée, avec une cicatrice sur le menton. Le résultat n'est pas terrible, mais je pense que Dustin saisira l'allusion.

Talia et moi contemplons notre œuvre. Puis elle observe sa main pleine de chocolat avant de m'observer moi. Elle la lève. Je lève la mienne, tout aussi sale, et on se fait un check poisseux.

On récupère nos affaires avant de prendre la direction des toilettes des filles en gloussant comme des hystériques.

Des amies hystériques.

AMITIÉ ET CONSÉQUENCES

Il y a une première fois pour tout, je suppose.

Y compris pour les convocations dans le bureau de la principale.

Talia et moi sommes assises face elle, les mains entre les genoux. Mme Lopez nous observe, ses ongles rouges et brillants pianotant sur son bureau.

– Les filles, commence-t-elle, vous êtes plus malignes que ça. Talia, je te connais depuis peu, mais je sais que tu es intelligente. Quant à toi, Libby…

Elle soupire et poursuit :

– Je te connais depuis la maternelle. Je ne te pensais pas capable d'avoir un jour un tel comportement.

Je continue à fixer mes genoux. Je ne peux pas me résoudre à la regarder.

Elle a raison. C'est pour ça que je me sens si mal. C'est comme si quelque chose s'était bloqué dans mon cerveau. Un bug dans les connexions. Je n'ai pas pensé une seconde à ce qui se passerait une fois qu'on aurait mis le sable dans le casier. Pourquoi ? Parce que je n'avais qu'une idée en tête : agir pour le bien de Talia. La rendre heureuse.

Faire en sorte qu'on devienne amies.

Et maintenant, nous voilà dans le bureau de Mme Lopez, à attendre l'arrivée de nos mères.

– L'une de vous aurait dû me prévenir de ce qui s'est passé avec Dustin et ses photos de fesses. Pourquoi ne l'avez-vous pas fait ? nous interroge Mme Lopez.

– Comment vous sav… ? demande Talia.

– Une élève l'a vu faire et me l'a signalé, l'interrompt la principale. Les élèves se croient toujours discrets, mais on est au courant de tout. Alors, pourquoi n'êtes-vous pas venues me voir vous-mêmes ?

Pendant quelques secondes, personne ne parle. Puis Talia répond sèchement :

– Comme si ça pouvait vous importer…

Je déglutis, stressée que Talia ait le culot de s'adresser à une adulte de cette manière. Je me dis que Mme Lopez va se fâcher, mais quand je la regarde, elle a juste l'air triste.

Elle se penche au-dessus de son bureau, les bras tendus.

– Talia, est-ce que tu m'écoutes ? Je dois avoir toute ton attention.

Elle pose une main à plat sur son bureau avant de reprendre :

– S'il t'est déjà arrivé ce genre de chose dans le passé, et que les adultes à qui tu as signalé le problème ne t'ont pas crue ni prise au sérieux, alors comprends-moi bien : ils ont eu tort. Je veux que tu saches que je ferai de mon mieux pour t'écouter. Ça ne me sera jamais égal.

Talia reste immobile. Elle a les oreilles rouges.

– Sache que j'ai déjà parlé à Dustin et à sa mère, ajoute Mme Lopez. J'ai entendu sa version des faits. J'ai une lettre d'excuses à te remettre, Talia. De plus, Dustin sera exclu du collège pour les trois prochains jours.

Soudain, on frappe à la porte. Lorsque le battant s'ouvre, ma mère entre, accompagnée d'une femme qui est le portrait craché de Talia, en adulte.

Maman a le front creusé par sa fameuse ride d'inquiétude.

– Libby, qu'est-ce qui t'a pris ? marmonne-t-elle.

Puis elle pose une main sur mon épaule. Mme Latu demande d'une voix forte :

– Bon, quel est le problème exactement ?

La principale leur explique ce qui est arrivé. Elle évoque le gros tas de sable que le concierge a dû nettoyer, dans le couloir. Ça non plus, je n'y avais pas pensé. Elle mentionne le glaçage au chocolat. Et aussi des photos de fesses dans le casier de Talia. Et de Dustin qui a déjà été renvoyé chez lui.

– Tss, tss, tss, peste Mme Latu en secouant lentement la tête.

Elle a l'air sévère, mais elle tapote doucement les cheveux épais et bouclés de Talia.

– Pourquoi tu ne m'as rien dit ? me chuchote ma mère.

Je ne sais pas quoi répondre. Prétexter que j'ai gardé le secret parce que Talia me l'avait demandé me paraît être une excuse bidon. Comme si je rejetais la faute sur elle. Alors qu'en fait, le sable, c'était mon idée.

– Écoutez, intervient Mme Lopez. L'affaire est réglée. Les filles, je vous demanderai d'aller aider le concierge à nettoyer le casier de Dustin, puis vous rentrerez chez vous, compris ? À votre retour, j'attends que vous présentiez chacune une lettre d'excuses à votre camarade. Vous reviendrez demain, prêtes à travailler sérieusement, entendu ? Et sans sable !

Talia et moi acquiesçons en silence.

– Et si jamais ça se reproduit, je vous en conjure, venez m'en parler d'abord. C'est précisément mon rôle de vous aider dans ce genre de situation.

Maman promet que la prochaine fois, j'irai la voir. Mme Lopez se lève pour nous saluer, puis nous quittons son bureau.

Nous marchons lentement dans le couloir. Talia et moi gardons les yeux baissés.

Maman laisse sa main dans mon dos, et je reconnais que ça m'aide à me sentir mieux. Je respire un peu plus facilement. Cette convocation n'était pas agréable, mais ç'aurait pu être pire. J'aurais pu être exclue plusieurs jours. Ou envoyée en prison.

– Et qu'est-ce que ça veut dire, « C-F », d'abord ? demande Mme Latu lorsque nous approchons du casier détesté.

Talia tourne la tête dans ma direction et nos regards se croisent. À ma grande surprise, je vois qu'elle sourit.

– Coco-fesses, répond-elle.

UN VIEUX TYPE MORT

Le lendemain, je déjeune de nouveau à la bibliothèque, mais cette fois-ci, c'est différent.

Cette fois-ci, Talia mange avec moi.

Nous nous prélassons sur les poufs poires, près de la section des magazines. La mère de Talia lui a préparé un gros Tupperware de riz au poulet nappé d'une sauce à l'ananas. Ça sent tellement bon que j'en ai des frissons.

– Ta mère a l'air de super bien cuisiner, dis-je en mordant dans mon sandwich à la banane et au beurre de cacahuètes.

– Oui, confirme Talia.

– Ma mère tient une pâtisserie. On devrait chacune apporter quelque chose à partager, un de ces quatre.

J'ai peur d'être encore à côté de la plaque, mais Talia réplique :

– Ma mère pourrait cuisiner du porc. Est-ce que ta mère fait des tartes à la crème et à la noix de coco ?

– Les meilleures.

Nous retournons toutes les deux à nos cahiers ouverts sur nos genoux. Je m'améliore en questions silencieuses. Plus tôt dans la journée, j'ai appris quelque chose de nouveau sur Talia : comme moi, elle écrit. Enfin, en quelque sorte.

Je lui demande :

– Comment ça se passe ?

– Je déteste les sonnets, grogne-t-elle.

Elle a pris l'option écriture créative. Elle m'a raconté qu'au début, elle était hyper enthousiaste, mais qu'ils ne faisaient que des trucs pénibles comme rédiger des dissertations, des descriptions… et des sonnets.

– Je n'arrête pas de dire à M. Gradey que le rap, ça compte. Que Logic, c'est de la poésie. Mais il ne m'écoute pas.

Je regarde mon cahier. J'ai bien avancé dans ma lettre sur la manière dont Cecilia a influencé le monde. Par contre, je ne sais pas comment la commencer. J'aimerais qu'elle soit tellement percutante dès le début que le jury n'aura pas d'autre choix que de me décerner le premier prix.

– Et toi, ça avance ? s'enquiert-elle.

– Je pensais savoir quoi dire, mais c'est plus dur que je le croyais.

– Qu'est-ce que tu écris, au fait ?

Je m'éclaircis la voix. Même si Talia a aimé mon plan (celui du sable dans le casier), je ne sais pas ce qu'elle pensera de Cecilia Payne.

– C'est pour un concours organisé par le Smithsonian. Mme Trepky nous en a parlé le jour de ton arrivée. Ils prévoient une nouvelle exposition sur les femmes du pôle scientifique, et il faut monter un projet pour faire connaître une scientifique sous-estimée, puis écrire une lettre à son sujet. Le gagnant remportera vingt-cinq mille dollars.

Talia s'étouffe avec le morceau de poulet qu'elle a dans la bouche.

– Vingt-cinq mille dollars ?

– Tu as bien entendu.

– Incroyable ! Il faut absolument que tu gagnes.

– Oui. Avec cet argent, je pourrais aider ma sœur et son mari, qui ont des problèmes financiers.

J'ai parlé sans réfléchir. Aussitôt, je me demande si ça fait partie des choses qu'il vaut mieux taire. Est-ce un de ces moments où ce que j'ai dit est étrange et où je m'en rends compte trop tard ? Où les gens me regardent de travers ? Je n'ai pourtant pas mentionné le pacte avec l'univers. Maintenant que Talia sait ce que je compte faire de cette récompense, je me demande ce qu'elle va penser de moi. Va-t-elle me prendre pour une idiote ? Une naïve ?

Ce n'est pas le cas. Elle acquiesce d'un air songeur.

– Alors, sur qui tu écris ? demande-t-elle avec le plus grand sérieux.

– Sur… Sur une femme qui s'appelle Cecilia. Elle était professeure à Harvard il y a longtemps. C'est elle qui a découvert de quoi sont faites les étoiles. Les composants chimiques, et tout. Sauf que c'est un autre professeur qui a récolté les lauriers à sa place. C'est un peu compliqué. En tout cas, elle n'apparaît pas dans notre manuel d'histoire. Et je trouve que c'est dommage.

Talia gigote dans son pouf.

– Elle a découvert de quoi sont faites les étoiles et elle n'est pas dans notre manuel ? C'est débile !

– Je suis bien d'accord ! dis-je.

Pendant une minute, elle lève les yeux au plafond, ses longs cheveux noirs éparpillés autour de son visage tel un nuage de réflexions.

– Commence simplement, propose-t-elle. Avec un truc du genre : « Malgré mon jeune âge, ce que vous allez lire dans cette lettre est primordial. »

Je marque une pause, mon crayon en suspens au-dessus du papier.

– Hé, c'est super !

J'écris ce qu'elle vient de dire avant de l'oublier. Je recopierai tout au propre plus tard.

Elle soupire.

– Pourtant, moi, je ne trouve rien à dire sur… Comment il s'appelle déjà ? Pétrarque. Je ne vois pas ce qu'il y a à raconter sur un vieux type mort.

– C'est comme ça que tu devrais intituler ton sonnet !

– Comment ça ? demande-t-elle.

– « Un vieux type mort. »

Talia rit tellement qu'elle fait un petit bruit de nez.

– Ça ne va carrément pas plaire à M. Gradey… c'est génial !

Elle raye quelques-unes des phrases qu'elle a écrites et note *UN VIEUX TYPE MORT* en lettres capitales. J'espère qu'elle ne va pas avoir encore des ennuis à cause de moi. D'après mon père, c'est important d'avoir une bonne influence sur ses amis, et je ne sais pas si c'est mon cas.

À la fin de la pause-déjeuner, le poème de Talia est terminé.

Et à la fin de la pause-déjeuner, le premier jet de ma lettre est prêt.

L'ÉCOUTE DES ADULTES

Ça fait des jours et des jours que j'ai envoyé mon mail aux éditions Knight-Rowell et toujours pas de réponse. Du coup, je décide de les appeler directement.

Une femme à la voix aiguë me répond :

– Éditions Knight-Rowell, bonjour ?

Je me racle la gorge.

– Bonjour. Pourrais-je parler à Trent Hickman, s'il vous plaît ?

C'est le nom qui figure sur la page de titre de mon manuel. Juste à côté de : *édité par*.

– Désolée, M. Hickman n'est pas disponible. Je peux prendre un message ?

J'imagine cette femme avec des chaussures à talons si hauts qu'elle a du mal à marcher, et des cheveux tirés en arrière au point qu'on lui voit l'intérieur des trous de nez.

J'insiste :

– Il faut vraiment que je lui parle. Quand sera-t-il disponible ?

– Je peux prendre un message et il vous recontactera dès que possible. Quel est votre nom ?

Sa voix me semble encore plus aiguë.

Peut-être que ce monsieur a sa propre adresse mail et que le formulaire de contact que j'ai rempli sur le site ne lui est jamais parvenu.

Je demande :

– À quelle adresse je peux lui envoyer un mail ?

– Je ne peux pas vous donner ce type d'information, je regrette, mais si vous me dites comment vous vous appelez, je lui transmettrai votre message.

Je me laisse tomber en arrière sur mon lit.

– Libby Monroe.

Je dis à la femme que je dois lui parler le plus rapidement possible et lui donne mon numéro de téléphone.

– C'est à quel sujet ? s'enquiert-elle.

– Ça concerne Cecilia Payne, dis-je.

J'attends qu'elle ajoute quelque chose, me salue ou raccroche. Au lieu de quoi, après avoir fait une pause, elle demande :

– Quel âge avez-vous ?

Je suis sûre à quatre-vingt-dix-huit pour cent que c'est le genre de femme qui ne prend pas au sérieux les jeunes de douze ans.

– S'il vous plaît, dites-lui de me rappeler, dis-je.

Puis on raccroche.

Je suis sûre à quatre-vingt-dix-huit pour cent que M. Hickman n'aura jamais mon message.

Je contemple mon affiche de la Voie lactée. S'il ne me rappelle pas, je vais devoir m'y prendre autrement. Peut-être qu'un courrier papier fonctionnerait. Après être retournée sur le site des éditions Knight-Rowell, je trouve leur adresse postale et rédige une autre lettre…

Une étoile ne va pas cesser de brûler parce que des débris spatiaux se mettent en travers de son chemin.

DEUXIÈME JET

J'imprime et plie soigneusement le courrier pour Trent Hickman. Puis je glisse l'enveloppe dans une boîte aux lettres, lâchant mes mots et mes aspirations dans le monde. Les mots ne s'arrêtent pas là, d'ailleurs. Je donne également à Mme Trepky ma lettre sur Cecilia Payne pour qu'elle y jette un coup d'œil.

Regardez comme on avance, dis-je à Cecilia. *Mme Trepky va m'aider à vous aider.*

Le lendemain, Mme Trepky m'attend près de la porte, à la fin du cours. Elle tient une enveloppe en papier kraft.

– Libby, je peux te voir une minute ? demande-t-elle.

Je glisse mon livre dans mon sac, que je ferme lentement, le temps que tout le monde soit parti. Quand j'ai posé ma lettre sur le bureau de Mme Trepky, hier, je n'étais pas stressée. Mais maintenant, elle tient dans ses mains les phrases que j'ai choisies avec un soin infini, prête à me signaler tout ce qui ne va pas. Ça en vaut la peine, bien sûr, car cette lettre doit être la meilleure qui ait jamais été écrite. Mais quand même. Quand je m'approche de ma prof, attendant son verdict, c'est un peu comme si j'attendais le résultat d'un examen médical important.

Mme Trepky glisse l'enveloppe dans mes mains.

– Avant tout, déclare-t-elle, je tiens à te dire que tu as fait un travail fantastique. Ton enthousiasme est contagieux et on a un grand plaisir à découvrir Cecilia. Tes explications sont claires et ta description est évocatrice.

– Ah bon ?

– Absolument. J'aimerais que tu gardes mes remarques à l'esprit quand tu ouvriras cette enveloppe. Je ne t'ai pas ménagée, Libby. Je sais que tu prends ce concours très au sérieux, et c'est ce que reflète ma critique. J'ai écrit quelques consignes générales que tu trouveras agrafées à l'intérieur, et j'ai inséré des commentaires directement dans ta lettre. Ne t'affole pas lorsque tu verras toutes ces remarques en rouge. Tous les auteurs professionnels se font corriger et trouvent aussi ces marques rouges sur leur travail. C'est pour que leur œuvre brille encore plus. Ce premier jet était excellent, sincèrement. J'ai hâte de lire la partie sur le projet, quand tu l'auras terminée.

Je regarde l'enveloppe. Je m'attends presque à la voir saigner de l'encre rouge. Toutefois, si Mme Trepky pense que je peux encaisser la critique comme le ferait une professionnelle, j'y arriverai. Je risque de trouver le temps très long pendant les deux derniers cours de la journée, avant de pouvoir rentrer chez moi et me mettre au travail.

– Merci, dis-je. Merci infiniment.

– Tout le plaisir était pour moi, réplique-t-elle.

Elle a l'air de vraiment le penser.

Enfin de retour à la maison, je fonce directement dans ma chambre sans prendre le temps de goûter. Après avoir ouvert la fameuse enveloppe, je soulève la feuille des consignes et là, je vois plein de marques écarlates comme si j'étais face à un cas de varicelle très sévère.

Étape par étape, voilà comment je dois procéder. D'abord, les consignes : Mme Trepky me conseille de fluidifier les transitions dans certains paragraphes, de préciser les éléments qui m'inspirent chez Cecilia, moi, jeune fille atteinte du syndrome de Turner.

Il y a tant à faire. Tant de choses à déplacer, à réarranger… Je tiens bon, je coupe et découpe, je nettoie et lustre.

Quand le rouge commence à tourner devant mes yeux, je sais qu'il est temps de faire une pause. De prendre le goûter que j'ai manqué.

Lorsque je repars vers ma chambre, un bol de raisin à la main, je m'arrête devant la chambre de Nonny. Elle parle à quelqu'un.

– … n'est pas de ton ressort, pourtant. Tu ne devrais pas être obligé de couvrir autant les gens.

Je dois m'approcher de la porte pour mieux entendre. On dirait que ma sœur est au téléphone avec Thomas.

– Je sais, reprend-elle. Oui, je… C'est que… je déteste la façon dont ils te traitent. Je sais, mais je regrette qu'il n'y ait pas d'autre possibilité… Je déteste ça.

Je pose une main sur le mur.

– Vivement que tu sois là, ajoute-t-elle.

Je retourne dans ma chambre avec mon bol de raisin. Je m'assois sur mon lit, les yeux rivés sur les corrections de ma prof.

Si naviguer dans cette encre rouge pouvait permettre à Nonny de ramener Thomas, je serais prête à traverser un océan écarlate de la taille du Pacifique.

NOUS AVONS UN PROBLÈME, HOUSTON

Dehors, l'air est de plus en plus froid et je n'ai toujours aucune réponse des éditions Knight-Rowell. Ni à mes mails, ni à ma lettre. Ces jours-ci, les nausées de Nonny empirent. J'envoie un texto à Talia à ce sujet. Elle me dit que sa mère était très malade quand elle était enceinte de son petit frère et de sa petite sœur, et que c'est normal. Malgré tout, je ne trouve pas que ça ressemble aux nausées d'une grossesse normale. Je trouve que c'est tout à fait anormal.

Stressée, je fais des allers-retours entre ma chambre et le salon. J'entends Nonny vomir dans les toilettes et enchaîner les haut-le-cœur.

À chaque fois que je vois son teint gris et que j'entends ces hoquets, je pense : *Voilà à quoi ressemble l'échec. Ça fait ce bruit-là. Et si je me plante, ce sera peut-être pire encore.*

C'est à peine si Nonny arrive à tenir debout. Son estomac ne garde rien depuis près de trente-deux heures. J'ai compté.

Est-ce une mise en garde, Cecilia ? J'ai conscience de tout ce qui pourrait aller de travers. Je lutterai. Je travaillerai encore plus dur. Aussi dur qu'il le faudra.

Cette fois-ci, la tisane et la confiture ne seront d'aucun réconfort à ma sœur.

Je trouve maman dans la cuisine. Elle pétrit de la pâte en pilotage automatique. Entre ses sourcils, son front est creusé d'un sillon aussi profond que le Grand Canyon. On dirait que la pâte a été pulvérisée.

Je demande :

– Maman, qu'est-ce qu'on peut faire ?

Elle m'observe un instant puis prend son téléphone. Une demi-heure plus tard, nous sommes à l'hôpital. Rongés par l'inquiétude, maman, papa et moi tournons en rond dans une salle d'attente trop petite tandis que les infirmières mettent Nonny sous perfusion.

On nous répète sans cesse :

– Elle va bien, elle a juste besoin d'être hydratée.

Je leur fais confiance, comme en temps normal, mais c'est la première fois que je n'aime pas me trouver en présence de médecins et d'infirmières. En fait, je déteste ça, car ça veut dire que ma sœur n'est même pas en état d'avaler ne serait-ce qu'un verre d'eau.

Quelques heures plus tard, Nonny a l'air plus détendue. Après avoir été réhydratée, elle tremble moins. Mais elle semble épuisée avec ses gros cernes noirs. Même si elle a retrouvé quelques couleurs et qu'elle respire plus normalement, je ne veux plus jamais la voir dans cet état. Je préférerais être hospitalisée à sa place. Plutôt un million de fois qu'une.

Cet après-midi, j'ai eu un aperçu terrible de ce qui pourrait arriver si mon pacte avec Cecilia échouait. Et si je ne remportais pas le premier prix, mon unique moyen de combler le trou noir financier de Nonny ? Et si Thomas ne trouvait jamais de travail bien payé, et que j'étais incapable de les aider ?

Et si le bébé souffrait de quelque chose qu'on ne pourrait jamais soigner ? Comme une malformation cardiaque, un problème aux reins, avec la nécessité d'être piqué tous les jours ? Et si le bébé avait la phobie des aiguilles, comme Thomas ? Et si plus tard il devait supporter un Dustin dans son collège ? Quelqu'un capable de trouver des surnoms méchants ou qui lui ferait vivre un enfer ?

Voilà pourquoi ce n'est pas grave si je suis la seule à avoir le syndrome de Turner : l'alternative serait bien pire.

Peut-être que j'exagère. Après tout, même si le marché que j'ai passé avec l'univers se solde par un échec, le regard que Nonny et maman posent sur moi ne changera pas. Il dira toujours : « Tu es ma sœur que j'aime quoi qu'il arrive » et « Tu es ma fille que j'aime quoi qu'il arrive. »

Le problème, c'est moi. Moi, je saurai que tout est ma faute. Un peu comme une note adhésive collée dans un coin de mon miroir intérieur, sur laquelle on lirait : *Voilà encore une chose que tu as ratée.*

Voilà encore une chose que tu n'as pas été capable de faire.

Récemment, j'ai vu un documentaire sur l'importance et les risques des missions spatiales *Apollo*. Le titre du documentaire tourne en boucle dans ma tête pendant que j'attends dans cette salle d'hôpital :

Échouer n'est pas envisageable.

QU'Y A-T-IL DANS UN NOM ?

Nonny ne tarde pas à rentrer à la maison avec la consigne de se reposer le plus possible. D'après les médecins, les nausées de ce genre sont peu courantes, mais ce n'est pas trop embêtant tant que ma sœur s'hydrate beaucoup et se ménage. Même si les choses sont à peu près rentrées dans l'ordre, à chaque fois que Nonny touche à peine à son assiette, le visage de maman se creuse d'une minuscule ride supplémentaire. Parfois, j'entends Nonny parler au téléphone avec Thomas ; elle s'inquiète à propos de son prochain travail et lui répète combien il lui manque. Ces moments-là sont pour moi des piqûres de rappel. Ça me permet de ne pas perdre de vue l'importance de ma mission.

Sa grossesse commence à se voir. Encore une piqûre de rappel. Nonny n'en est pas encore au stade de la boule de bowling, mais on voit à l'arrondi de son ventre qu'elle vit un moment particulier.

J'envoie un autre mail aux éditions Knight-Rowell en passant par leur site Internet. J'écris une autre lettre à M. Hickman.

Je commence à repérer quand Nonny affiche un air que j'appelle sa « tête postconsultation ». D'habitude, ses rendez-vous médicaux ont lieu quand je suis au collège ; du coup, je ne l'ai plus accompagnée après la première fois. Mais aujourd'hui, quand je franchis le seuil de la maison et que je la vois sur le canapé, le regard perdu dans le vague et le visage si radieux qu'il éclaire encore plus que la lampe près du piano, je sais qu'elle a vu une photo au grain flou de son bébé.

Avant même que j'aie le temps de poser mon sac, elle me regarde avec un grand sourire et tapote le coussin du canapé à côté d'elle.

– Viens là, j'ai quelque chose à te dire.

Je laisse glisser mon sac par terre et la rejoins sur le sofa. J'ai envie de me blottir contre elle, mais je me retiens, parce que je veux aussi voir son visage et les feux d'artifice qui illuminent son regard.

– On est allées chez le médecin, aujourd'hui. Ça faisait un petit moment qu'on se doutait du sexe, mais aujourd'hui, on a eu la confirmation. J'en ai parlé à Thomas, et on a choisi un prénom.

Je sautille sur place.

– C'est vrai ? Alors, garçon ou fille ? C'est une fille, je parie ! Comment vous allez l'appeler ?

– Oui, c'est une fille. C'est une petite fille.

Je continue à sautiller.

– Tu vas avoir une fille ! Je vais avoir une nièce !

– Et on a décidé de l'appeler Cecilia.

Je cesse immédiatement de sautiller.

Une sorte de décharge me traverse les épaules.

– Est-ce que ça va ? s'inquiète Nonny. Ça ne te plaît pas ?

– Je...

Je déglutis et m'agrippe à l'assise grise du canapé. J'aimerais pouvoir m'agripper à mes pensées, aussi. Si j'avais encore des doutes à propos du pacte que j'ai conclu avec l'univers (et avec Cecilia), ils ont été balayés d'un coup.

C'est comme si Cecilia me passait carrément un coup de téléphone.

Je vous entends, dis-je en pensée.

Enfin, j'arrive à articuler :

– Si, ça me plaît. J'adore ! Comment… Comment vous l'avez choisi ?

– Eh bien, c'était le prénom de la grand-mère de Thomas, répond ma sœur. Je le trouve beau.

– C'est vrai, il est très beau.

Je regarde Nonny, puis la petite fille qui grandit en elle. Enfin, je lève les yeux vers le ciel que j'aperçois par la fenêtre. Je leur fais une promesse à tous les trois :

– Et votre bébé aussi sera très beau. Il sera parfait.

L'ENTOURAGE DES GENS DES MANUELS

Il s'écoule encore des jours entiers sans que je reçoive la moindre nouvelle des éditions Knight-Rowell. Mes appels ne débouchent sur rien non plus.

Il me faut un autre plan.

Une phase deux.

Le mouvement aide à libérer la créativité. Je me mets à arpenter l'espace entre mon lit et mon bureau ; je vais, je viens, encore et encore.

Il me reste peu de temps ; quelques mois seulement avant la date de l'accouchement. Si je veux honorer ma part du marché passé avec Cecilia Payne, il va falloir que je voie les choses en grand.

Je vais jusqu'à m'imaginer prendre un avion pour New York. Je me vois grimper les marches des bureaux de la maison d'édition et rester plantée là jusqu'à ce que M. Hickman soit obligé de me recevoir. Mais comment payer mon billet ? Comment obtenir l'autorisation de mes parents ? Je leur ai dit que je travaillais sur un projet spécial – sans trop le dévoiler, car j'aimerais que les vingt-cinq mille dollars que je vais gagner soient une surprise monumentale qui les laissera bouche bée, les yeux grands comme des soucoupes. En plus, si j'en dis trop, il se pourrait que je doive mentionner le pacte conclu avec l'univers, et pour le moment, ça doit rester un secret bien au chaud à l'intérieur de moi.

Pour la première fois depuis que j'ai eu l'idée de ce projet, j'entends une petite voix au fond de ma tête qui me demande si je ne suis pas trop insignifiante pour quelque chose d'aussi ambitieux. Évidemment, rien ne me fera abandonner. Mais si on ne parle même pas de Cecilia Payne en classe, alors que c'est la personne qui a fait toutes ces découvertes géniales sur l'univers, je vois mal comment une gamine au cœur couturé pourrait mener à bien une mission aussi audacieuse.

Puis j'ai de nouveau cours avec Mme Trepky.

– Combien d'entre vous ont entendu parler de Rosa Parks ? nous interroge-t-elle.

La plupart des élèves lèvent la main. (On devait lire un texte sur elle à la maison, donc ce n'est pas malin de la part de Dustin de garder la main baissée : Mme Trepky saura forcément qu'il n'a pas fait ses devoirs.)

On discute de Rosa Parks un moment et du fait que c'était une femme très courageuse. Mme Trepky écrit les mots *désobéissance civile* au tableau. On parle des peuples soumis par leurs dirigeants ; de l'importance de penser par soi-même ; des périodes où ces deux éléments sont en accord ou en désaccord.

– Et maintenant, enchaîne Mme Trepky, combien d'entre vous connaissent Claudette Colvin ?

Au début, je m'inquiète : n'ayant jamais entendu parler d'elle, je me dis que j'ai peut-être raté un passage dans la lecture demandée. Mais je vois qu'autour de moi, personne ne lève la main.

– Claudette Colvin a fait la même chose que Rosa Parks, poursuit Mme Trepky. Elle a refusé de céder sa place dans le bus, comme on le lui demandait, et pour ça, elle s'est fait arrêter. Mais elle l'a fait neuf mois avant Rosa Parks.

Mme Trepky connaît donc des gens qui devraient eux aussi figurer dans notre manuel. Combien sont-ils ? Cent ? Mille ?

Je lève la main.

– Pourquoi elle n'est pas dans notre manuel ?

Mme Trepky nous regarde tous attentivement.

– Très bonne question, répond-elle. Il est difficile de savoir pourquoi certaines personnes bénéficient d'une renommée et pas d'autres. Peut-être faut-il dire les choses autrement : si on avait un manuel pour répertorier tous les gens qui comptent, il nous faudrait un manuel pour chaque personne.

Elle nous laisse un instant pour réfléchir à ce qu'elle vient de dire. Je m'imagine dans un manuel scolaire, avec un petit portrait de moi illustrant un article, et mon nom en titre. J'imagine une fille comme moi lisant un texte sur… moi. De quoi parlerait-il ? J'observe mes camarades et j'imagine une page consacrée à chacun d'eux. Même Dustin aurait la sienne. Cette pensée me donne envie de rire.

Peut-être que moi, je n'ai pas besoin d'avoir une page consacrée à ma personne dans un manuel d'histoire, mais je suis toujours convaincue que quelqu'un le mérite.

Ne vous en faites pas, Cecilia. Je gère.

– Ce qu'il faut retenir, reprend Mme Trepky, c'est que ces deux femmes ont eu de l'influence, même si on a tendance à n'étudier que l'une d'entre elles. Et il y a encore bien d'autres noms que nous ne connaissons pas. Des gens assis à des comptoirs et qui ont refusé de bouger ; des gens qui ont manifesté ; des gens qui ont été dispersés à coups de lance à incendie. Chacun d'entre eux a contribué à changer les lois et à faire grandir notre pays. Même si on a beaucoup écrit sur Rosa Parks, Martin Luther King et Malcolm X, ils ne sont pas les seuls à avoir fait évoluer la société. Ils ont eu besoin d'aide. Pensez aux amis, aux parents et à la famille de Martin Luther King. Sans son entourage, cet homme n'apparaîtrait probablement pas dans nos livres.

Mme Trepky est assise au bord de son bureau. Je jurerais que c'est moi qu'elle regarde quand elle ajoute :

– Un individu peut vraiment faire la différence, mais cet individu a été façonné, créé et influencé par des milliers de personnes. Et en retour, cet individu façonne, crée et influence des milliers de personnes, lui aussi.

Je me laisse totalement imprégner par les mots de ma prof. Ils sonnent tellement vrai qu'ils déclenchent une tempête sous mon crâne. Je comprends parfaitement ce que Mme Trepky veut dire. Le monde a été modelé par des milliards de mains inconnues ; par des gens du monde entier qui vivent leur vie, suivent leurs propres chemins et changent l'univers rien que par leur existence. Autrement dit, j'ai moi aussi un rôle à jouer dans l'univers – peu importent ma petite taille, mon patrimoine génétique et mes cicatrices. Je vois ma propre constellation, composée de plein d'étoiles : mes parents, des pâtisseries, des bibliothèques, Nonny… et la toute dernière en date, Mme Trepky. À elles toutes, elles composent l'univers qui m'a façonnée.

Maintenant, à moi de façonner l'univers en retour.

POSTER OU NE PAS POSTER, TELLE EST LA QUESTION

Après les cours, je me confie à Talia :

– Je dois absolument agir. Le sort de Cecilia dépend de moi.

Je dis ça même si Talia ignore qu'il y a maintenant deux Cecilia dont le sort dépend de moi.

Ellc et moi attendons nos parents devant le collège, assises sur le trottoir, le dos appuyé au mur.

– J'ai une cousine hôtesse de l'air, m'informe Talia. Elle pourrait se renseigner sur les vols pour New York…

– Je ne sais pas. Il faut que je réfléchisse.

– Mouais…

Nous nous taisons. Talia se met à tapoter le béton avec son pouce. Dès qu'elle active ses méninges, elle fait ce rythme bizarre et stylé.

Je demande :

– Et ton poème, ç'a été ? Celui sur le vieux type mort…

Talia cesse ses tapotements.

– Eh ben… c'était plutôt pas mal, en fait. Je crois.

– Vraiment ?

– Oui. M. Gradey m'a donné un autre sonnet à lire. Cette fois, c'est de Shakespeare, et c'est… cool.

– Il a lu ton poème, et ensuite il t'a donné d'autres sonnets ?

– Oui, parce que Shakespeare a écrit des sonnets marrants, lui aussi. En tout cas, celui-là est drôle. Ça parle de… Enfin, ça commence par : « Les yeux de ma maîtresse n'ont rien de l'éclat du soleil. »

– Rien de l'éclat du soleil ?

– Oui, c'est bizarre, hein ? Et il dit même qu'elle pue de la bouche !

– T'es sérieuse ?

– Carrément. Pourtant, c'est un sonnet d'amour.

Je vois une camionnette bleue arriver et maman me faire signe. Je récupère mon sac.

– J'ai une idée, dit Talia. Tu es allée voir les réseaux sociaux ?

– Comment ça ?

– Ton éditeur. Je parie qu'il a un compte quelque part.

Je plaque une main sur mon front.

– C'est évident ! Pourquoi je n'y ai pas pensé ?

Parfois, quand mes pensées tourbillonnent autour d'une idée brillante (quand je suis en mode « vision en tunnel »), j'ai du mal à voir les autres options et stratégies qui s'offrent à moi, comme si elles étaient tapies dans l'ombre, à l'abri du soleil aveuglant.

Je pourrais le faire. Je *dois* le faire.

– Je vais regarder direct en rentrant, dis-je en m'élançant vers le véhicule.

– Tiens-moi au courant ! réplique Talia.

Sitôt arrivée à la maison, je lance un bonjour express à Nonny qui est allongée sur le canapé (elle y est très souvent, ces temps-ci) et me précipite sur l'ordinateur, dans ma chambre.

Bien entendu, M. Hickman est sur les réseaux sociaux.

Je passe une dizaine de minutes à faire défiler les articles qu'il a postés, notamment sur son chat… Il y a aussi un nombre incroyable de citations d'une écrivaine appelée Ayn Rand. Au début, je déborde d'enthousiasme. C'est comme si je cherchais la légende d'une carte au trésor. Puis, au bout d'un moment, je finis par avoir ma dose de chat et d'Ayn Rand. À quoi je m'attendais, de toute façon ? Qu'est-ce que je cherchais, exactement ?

Soudain, je le repère.

Un post daté de septembre dernier.

Nouveau programme de conférences disponible sur le site. Venez me voir si vous êtes à New York, en Floride, au Texas ou dans le Colorado !

Le Colorado ? Ça ne m'a jamais fait autant d'effet de voir le nom de l'État où je vis.

Je clique si vite sur le lien que je manque de faire tomber la souris. Ça m'amène sur le calendrier du site Internet personnel de M. Hickman.

Les conférences au Texas et en Floride sont déjà passées. Il en reste une à l'université de New York.

Puis il viendra à l'université du Colorado à Boulder. En janvier.

C’est trop parfait. D’abord le prénom du bébé de Nonny, et maintenant ça !

Je m’en veux de n’avoir pas pensé à vérifier plus tôt. Heureusement, il est encore temps.

Impossible que ce soit un simple hasard. Je vais pouvoir agir en faveur de Cecilia Payne, la pièce centrale du pacte grâce auquel Nonny et Thomas auront un foyer heureux et un bébé parfait, en bonne santé. C’est mon œuvre ; l’univers que je modèle pour ma sœur et sa petite famille. Qu’est-ce qui pourrait être plus important ? Pour quelle autre raison serais-je ici, dans l’univers ?

À VOIX HAUTE

Je n'arrive pas à croire que M. Hickman, éditeur chez Knight-Rowell, va venir à Boulder. Je tiens enfin ma chance de le rencontrer et de faire avancer mon projet pour le concours. Mais je ne sais pas comment m'y prendre. Je revois sans cesse le visage de Nonny malade, à l'hôpital, et ça m'empêche d'élaborer un plan. Je n'ai pas le droit d'échouer. C'est comme si jusqu'à présent j'avançais sur des rails et que, soudain, je déraillais. Mon cerveau fait ça parfois. Du coup, je sais qu'il faut que j'en discute avec quelqu'un.

Je n'ai pas l'occasion de parler à Talia avant le début des cours, mais dès que la sonnerie de midi retentit, je me précipite vers elle.

– Talia !

Elle ferme brusquement la porte de son casier. Quand elle me regarde, elle a les joues rouges. Mon premier réflexe est de craindre d'avoir fait quelque chose de mal et qu'elle soit fâchée contre moi. Toutefois, lorsqu'elle me voit, elle soupire, sourit et dit :

– Salut, Libby.

Je lui demande :

– Est-ce que ça va ?

Elle soupire de nouveau et tripote son sac de pique-nique.

– Oui, ça va.

J'ouvre la bouche, prête à l'interroger. Immédiatement je me souviens des questions silencieuses. C'est le moment idéal pour les tester. Dans ma tête, je lui pose toutes les questions que j'ai en réserve. En pensée, je sais exactement quoi dire et quoi faire pour l'aider à se sentir mieux.

La technique de Nonny fonctionne, évidemment, car au bout de quelques secondes, Talia reprend la parole :

– C'est... M. Gradey. Il insiste pour que je participe à un concours de poésie... à voix haute.

C'est le moment de lui poser une question à voix haute.

– En quoi ça consiste ?

– Il faut écrire un poème et le déclamer devant un jury. Le gagnant de la première manche est qualifié pour la suivante et ainsi de suite. C'est nul.

– Mais… tu es super forte en poésie ! Tu serais géniale !

Talia souffle.

– Je ne gagnerai pas, je parie… et puis ça n'intéresse personne, ce concours.

– Mais toi, si !

Elle hausse les épaules, mais je vois dans ses yeux qu'elle réfléchit.

Je poursuis :

– Ce n'est pas le genre de truc que tu aimes, justement ? Quand tu disais que tu voulais devenir rappeuse ? Ce serait peut-être…

– Qui a déjà entendu parler d'une rappeuse samoane ? Déjà, les rappeuses, ça ne court pas les rues. En plus, c'est impossible de gagner sa vie en faisant de la musique.

Je ne trouve pas de bonne question à lui poser, ni les mots justes, alors j'opte pour une autre question silencieuse.

Puis Talia bougonne :

– De toute façon, tout le monde s'en fiche, de ce que j'ai à dire.

Et voilà, la question silencieuse a encore marché.

– Je crois que tu te trompes, dis-je. Les gens ne s'en ficheraient pas s'ils t'entendaient.

Talia affiche un air songeur et change de sujet :

– Bon et toi, ça a donné quoi ?

– Ah oui !

Je suis à deux doigts de bondir hors de mes boots. Je poursuis :

– C'est tellement parfait que c'est presque flippant. Il va venir à Boulder ! À l'université !

– Qui ça ?

– Trent Hickman ! L'éditeur. Il va venir ici !

– Hein ? Tu rigoles ?

– Non, je te jure !

Nous nous dirigeons vers la bibliothèque.

– Le vingt-six janvier.

Perdues dans nos pensées, nous faisons quelques pas en silence. Puis Talia me jette un coup d'œil et me fait son petit sourire de Coco-fesses.

– Donc ça nous laisse nous laisse environ deux mois pour mettre un plan au point.

THANKSGIVING

Cette année, pour fêter Thanksgiving, nous sommes moins nombreux que d'habitude. Parfois, nous invitons des proches, mais cette fois, il n'y a que mes parents, Nonny et moi. Et bien sûr Cecilia, le bébé en construction, si vous voulez la compter. Moi, je la compte.

Thomas nous manque. Il doit passer ce jour férié en Floride pour toucher une prime. Si mon projet marche, les gains suffiront peut-être pour qu'il n'ait plus jamais à vivre ça. Je lui envoie une vidéo de la table qui croule sous la nourriture. Il répond :

– Tu me mets une cuisse de dinde de côté, OK, Crevette ?

C'est en prenant place à table que je m'aperçois combien le ventre de Nonny a grossi. De la taille d'une belle pastèque, il cogne dans la table au moment où ma sœur s'assoit.

– Tous aux abris ! lance-t-elle.

Nous rions.

On parle beaucoup du bébé. Ça me plaît, d'en parler. Mais parfois, il se passe un truc. Parfois, Nonny affiche un sourire béat et dit avoir un des symptômes de grossesse qu'elle n'avait pas jusque-là (un début de mal de dos, des bouffées de chaleur récurrentes...). Puis maman enchaîne et raconte les grossesses qu'elle a vécues pour Nonny et moi, ainsi que les différences entre les deux. Par exemple, moi, je gigotais beaucoup plus. Maman et Nonny se lancent alors dans une longue discussion. De temps à autre, l'une ou l'autre me jette un coup d'œil. Après l'avoir remarqué, je comprends que c'est comme si elles se rappelaient tout à coup que moi, je ne pourrai jamais avoir d'enfant naturellement, que je ne connaîtrai jamais ces sensations. Et quand elles me regardent comme ça, ça me revient, à moi aussi.

Puis Nonny nous parle de Thomas et de son travail très pénible. Elle dit qu'il demande des nouvelles de leur bébé tous les jours.

Je me dis que papa et Thomas ne pourront jamais porter d'enfants, eux non plus. Enfin, ce n'est pas tout à fait pareil, mais quand j'imagine mon père avec un gros ventre bien tendu, ça me fait rire.

La dinde, la farce, les patates douces... Tout est délicieux, évidemment. Cependant, dans ma famille, ce qu'il y a de meilleur au menu de Thanksgiving, ce sont les tartes. Normal avec une mère pâtissière. En plus, la mienne va très loin : tous les ans, chacun d'entre nous a droit à sa tarte personnalisée préparée par ses soins. Une odeur sucrée se répand dans toute la maison et le plan de travail de la cuisine est recouvert d'une pellicule grasse.

Voici les tartes que maman nous prépare :

1. La tarte aux noix de pécan pour papa. Solide et qui ne manque pas de croquant.

2. La tarte aux fruits rouges pour elle. Sucrée, gaie, avec la dose de crème dessus.

3. La tarte au citron meringuée pour Nonny. Légère et délicate.

4. L'inoubliable tarte aux pommes pour Thomas. (Elle lui en a fait une même si elle savait qu'il ne serait pas là ! On lui a envoyé une photo de nous tous en train d'en manger une part.)

5. Et pour moi : l'incontournable tarte à la citrouille, sucrée mais pas trop.

Personne ne veut jamais partager la sienne. C'est incroyable la quantité de tartes qu'on engloutit en un repas.

Pendant ce long week-end, Talia et moi échangeons des textos. Nous établissons notre plan pour le jour où M. Hickman va venir en ville. Je voulais inviter mon amie à la maison une journée, mais la petite voix dans ma tête me répétait sans cesse : *Et si elle n'avait pas envie de venir ?* Puis, ce soir-là, tandis qu'on regarde en famille *Babe, le cochon devenu berger* tout en essayant de digérer nos tartes, Talia me renvoie un message :

Talia : *J'ai du nouveau. Tu vas pas le croire. Devine quel jour a lieu le concours de poésie ?*

Moi : *Me dis pas que c'est le 26 janvier*
Talia : *Ben si… :/*

Je me carre dans le canapé et tente de me concentrer sur le film. Mon cerveau réagit assez mal aux changements de plans, et le fait que Talia ne soit pas là pour le grand jour n'est pas un changement positif. Parfois, il suffit que je pense à autre chose pendant quelques secondes pour que mon plan initial s'emboîte à nouveau parfaitement dans mon cerveau.

Si aucun obstacle ne m'arrête, pas même ça, me dis-je, *alors vous promettez qu'il n'arrivera rien à Nonny et à son bébé, hein, Cecilia ? Vous m'aiderez à faire revenir Thomas à la maison ?*

Dix minutes plus tard, je réponds à Talia :

Moi : *T'as intérêt à participer et à gagner. Je ferai pareil de mon côté. Nos victoires seront le point de départ de notre grand projet de domination mondiale !*

SILENCE

Pendant l'heure de vie de classe avec Mme Trepky, il arrive qu'on fasse de la lecture silencieuse. C'est un temps plutôt calme comparé à d'autres cours où on est censés travailler en silence, parce que Mme Trepky est très douée pour le faire respecter. Malgré tout, on entend de temps à autre une feuille bruisser ou des élèves chuchoter.

Assise à son bureau, Mme Trepky est plongée dans sa propre lecture. Talia est aux toilettes. Moi, je crois avoir entendu quelque chose dans mon dos, mais je tâche de rester concentrée sur mon livre qui parle d'Eleanor Roosevelt.

Derrière moi, les bruissements recommencent. Je ne comprends pas de quoi il s'agit, puis je pense percevoir mon prénom. Je me retourne alors vers Angie et Patreece, placées derrière moi. Quand je les regarde, elles rient.

– Ça fait au moins cinq minutes qu'on t'appelle ! s'exclame Angie. T'entendais rien ?

– Mesdemoiselles, nous avertit Mme Trepky.

Les deux filles gloussent encore avant de baisser les yeux sur leurs livres. Je me rends compte qu'elles m'appelaient non pas pour attirer mon attention, mais plutôt pour m'embêter.

Je retourne à ma lecture. Je dois me focaliser sur mon travail.

Cecilia ? Et… Eleanor, vous êtes là, vous aussi ? Je vais poursuivre ma lecture et me concentrer sur vous, car ce que chuchotent ces filles n'a pas la moindre importance, pas vrai ?

Je suis soulagée quand ça sonne.

Fidèle à mes habitudes, j'emporte mon déjeuner à la bibliothèque. Comme souvent ces temps-ci, Talia passe la pause-midi avec M. Gradey et le prof de théâtre pour travailler sur l'œuvre qu'elle présentera au concours de poésie. Je trouve ça génial qu'elle se soit inscrite et qu'elle y consacre déjà autant d'énergie. Je sais qu'elle va gagner. Malgré tout, même si j'évite d'y penser, je me dis que la bibliothèque n'est plus la meilleure amie qu'elle était. C'est toujours un endroit agréable, bien sûr, mais ce n'est pas aussi sympa que d'entendre les blagues de Talia, d'apprendre de nouvelles chansons de rap ou d'avoir de l'aide pour mon grand projet.

Tout en mangeant, je note des idées sur mon cahier. Talia m'a confié que sa grand-mère qui vit aux Samoa a des problèmes de santé et je sais que ça l'inquiète, ça aussi. Je ne vois pas trop comment lui dire qu'elle me manque alors qu'elle est déjà si occupée et qu'elle a de la peine pour sa grand-mère. Je ne vois pas trop comment lui dire que, lorsqu'elle sera prête, quand elle voudra parler de sa grand-mère et du souci qu'elle se fait pour elle, ou quand elle aura gagné le concours et aura envie de faire éclater sa joie, je serai à la bibliothèque.

BRUIT

Certaines années, c'est avec la neige qu'on sait que Noël approche. D'autres années, c'est avec les décorations ou les chocolats dans les magasins.

Moi, je sais que Noël approche quand on descend du grenier le vieux tourne-disque de maman et son carton de disques de Noël.

C'est quand j'entends chanter *Petit Papa Noël* que je sais que ça ne va plus tarder.

C'est quand maman et Nonny se mettent au piano et accompagnent les chansons des disques, que je les regarde du canapé et qu'on chante ensemble (surtout cette année) *Vive le vent*, qui se termine par « et bonne année grand-mère ». Car l'an prochain, à la même période, maman sera grand-mère pour de bon et c'est complètement dingue.

Mais cette année, ma joie est ternie par l'inquiétude, comme si un goéland tentait de me voler mon sandwich par une magnifique journée à la plage, sous un ciel limpide. Comme Cendrillon qui sait que son temps est compté alors qu'elle passe la plus belle soirée de sa vie. Moi aussi, j'ai un compte à rebours qui fait tic tac dans ma tête.

Un bébé va naître. Le bébé de ma sœur parfaite et merveilleuse. Du coup, le bébé sera parfait et merveilleux, lui aussi – et sans doute très doué pour le piano. Peut-être que maman, Nonny et le bébé joueront tous les trois, car bien sûr le bébé apprendra à jouer très facilement et très tôt. Je parie qu'il sera même un prodige. Sauf que moi, je ne suis pas douée au piano, alors comment pourrai-je être la meilleure tata du monde pour un jeune prodige ?

En plus, il pourrait y avoir quelque chose de pire encore.

Et si mon pacte échouait et qu'il y avait un problème à la naissance ? Un problème avec le cœur ou le cerveau du bébé ?

Et s'il lui manquait quelque chose ?

Un chromosome ?

Est-ce que ce serait ma faute ?

ELEANOR ROOSEVELT

La semaine qui précède les vacances de Noël, nous faisons nos exposés sur un personnage historique. Je passe toutes mes pauses-déjeuner à travailler seule sur la lettre que je compte donner à M. Hickman lorsqu'il viendra à Boulder mais, bien sûr, je n'oublie pas mon exposé pour autant.

Talia passe la première. Elle lit un magnifique poème qu'elle a écrit sur Langston Hughes, poète, auteur de nouvelles, éditorialiste et dramaturge. Elle nous parle de son style et du mouvement culturel appelé la Renaissance de Harlem. Je sais qu'elle aurait voulu nous présenter un Samoan, mais il n'y en a aucun dans notre manuel. Encore des gens qui mériteraient d'y figurer et qui n'y sont pas, je suppose. Je dis à Talia que pour son deuxième exposé, elle pourrait trouver un Samoan qui a changé le monde. Je pense que c'est bien vu de la part de Mme Trepky de nous demander d'étudier un personnage historique qui n'est pas dans notre livre.

Ensuite, Dustin nous projette sa vidéo sur Buffalo Bill. Même si le résultat est un peu idiot et trop long, il n'a pas oublié qu'il est censé nous apprendre des choses. Par exemple que pendant la guerre de Sécession, Buffalo Bill était du côté de ceux qui luttaient contre l'esclavage.

Quant à moi, je fais mon exposé sur Eleanor Roosevelt en m'aidant d'un PowerPoint, parce que je suis plus à l'aise avec ce type de support.

Toutefois, lorsque j'affiche la première photo d'elle, Dustin et sa bande se mettent à ricaner au dernier rang.

– Elle a un problème au menton, elle ! commente Dustin. C'est pour ça que tu l'as choisie ?

Nouveaux ricanements.

Je connais ensuite ce qu'on pourrait appeler un « moment silencieux ». Non pas que je sois devenue sourde d'un coup. C'est plutôt comme si les élèves se mettaient à bouger au ralenti, au point de pouvoir lire sur leurs visages. Je vois Dustin observer tour à tour ses deux copains, et je comprends qu'il se démène pour les faire rire et passer pour quelqu'un de cool. Je vois Mme Trepky, au fond, baisser les yeux sur Dustin, prête à le rappeler à l'ordre. Sauf que, finalement, elle me regarde et je comprends qu'elle me pose une question silencieuse. Elle me demande si je veux gérer moi-même les réactions stupides de ces garçons.

C'est ce que je fais.

– Bon, dis-je, puisque tu as la bonté d'aborder ce sujet, je commencerai par citer Eleanor Roosevelt qui, je le rappelle, était première dame des États-Unis.

Je clique plus loin dans mon PowerPoint sur une page affichant une citation en lettres capitales avant de reprendre :

– Elle a dit : « Personne ne peut vous faire sentir inférieur sans votre consentement. » Puisque l'objectif était de nous familiariser avec ces personnages historiques comme si c'étaient nos meilleurs amis, j'imagine que si Eleanor était ici, elle se moquerait bien de ton avis sur son menton. Je pense même que si elle t'entendait, elle te regarderait en souriant. Peut-être même qu'elle t'enverrait un baiser avec sa bouche bizarre. Puis elle reprendrait sa conversation avec des gens qui ont des choses plus intéressantes à dire.

Dustin devient rouge tomate. Ses épaules s'affaissent et je culpabilise un peu d'avoir été aussi méchante. Un peu seulement, car dire tout haut ce que je pense m'aide à réaliser une chose : souvent, je prétends que ça ne me fait rien de ne pas entendre mon nom quand on le chuchote, d'avoir un cou trop épais sur les côtés ou d'être la plus lente à la course à pied en EPS. En vérité, j'aimerais savoir comment m'y prendre pour être réellement indifférente. Ça me laisserait plus de temps pour réfléchir à des choses importantes. Comme Eleanor le faisait.

Mme Trepky sourit.

Je termine mon exposé sur Eleanor Roosevelt.

J'obtiens un vingt sur vingt.

MURS GRIS ET MASQUES À GAZ

Voici une chose que j'ai apprise : l'apparence d'un lieu peut changer en fonction des émotions que vous ressentez.

Pour que vous compreniez ce que je veux dire, permettez-moi de vous parler de l'aéroport international de Denver.

Certains aéroports sont grands, d'autres petits. Certains sont carrés, en verre ; d'autres circulaires et métalliques. Certains, comme l'aéroport de Denver, ressemblent à une longue rangée de chapiteaux de cirque blancs.

Grâce à des recherches sur Internet, j'ai découvert que l'aéroport de Denver avait plusieurs particularités.

C'est le plus grand aéroport des États-Unis (il est presque deux fois plus grand que les autres) et le deuxième dans le monde.

À l'entrée, on y trouve une sculpture représentant un étalon bleu avec des yeux diaboliques. Son créateur a trouvé la mort pendant son installation, après qu'un morceau de la statue lui est tombé dessus. Il y a aussi des fresques psychédéliques partout dans les terminaux. Beaucoup montrent des foules compactes de gens avec de drôles de têtes et des vêtements aux couleurs vives, ainsi que des jaguars et des fleurs tropicales. Sur l'une de ces fresques, on voit un soldat nazi qui porte un masque à gaz vert pâle tout plissé, à côté d'une lettre écrite par un petit garçon mort à Auschwitz. Je me demande bien pourquoi l'artiste a eu envie de peindre une chose pareille. Et pourquoi le personnel de l'aéroport a voulu l'exposer.

L'aéroport de Denver est un drôle d'endroit.

Parfois, quand on n'a pas trop le moral, qu'on se sent bizarre et qu'on est dans un lieu décoré d'œuvres encore plus bizarres, on a l'impression d'être dans un film d'horreur.

Puis quelqu'un qu'on aime arrive, disons votre beau-frère que toute la famille est venue chercher et que votre sœur n'a pas vu depuis des mois. Soudain, le voilà, en jean et tee-shirt, votre sœur pendue à son cou. On le voit ensuite qui se penche et dépose un gros baiser sur le ventre rond de sa femme. Alors, les gens vêtus de couleurs vives sur les peintures ont l'air heureux, eux aussi. Même quand vous vous rappelez la statue du mustang bleu à l'extérieur, celle-ci vous paraît moins démoniaque, juste un peu malicieuse.

Au total, la construction de l'aéroport de Denver aura coûté deux milliards de dollars de plus que le budget initialement prévu. À mon avis, ça les vaut.

LONGUES DISTANCES

Peu de temps après nos exposés sur des personnages historiques, Talia s'en va. Un autre passage par l'aéroport de Denver, cette fois dans le hall des départs et non celui des arrivées. L'état de sa grand-mère qui vit aux Samoa a empiré. Elle risque même de mourir. Talia va donc passer Noël là-bas, avec toute sa famille, et y restera probablement jusqu'à la fin des vacances. Elle ne devrait pas être de retour avant janvier.

Je me sens bête de ne pas l'avoir invitée pendant le long week-end de Thanksgiving. Ou à un autre moment. Pourquoi ne l'ai-je pas encore invitée à la maison ? Maintenant, c'est trop tard pour ce mois-ci.

Maintenant, je vais devoir travailler seule sur mon projet.

La présence de Thomas rend tout le monde joyeux. Nonny et lui ne se quittent jamais. Ils se tiennent la main, discutent, mangent ensemble. Ils essaient de ne pas trop s'inquiéter à propos du travail et de l'argent.

Nonny dit qu'elle s'efforce d'apprécier le temps qu'ils passent tous les deux, avant que Thomas soit obligé de repartir.

Elle dit qu'elle déteste les longues distances.

DOCTOR WHO AVAIT RAISON

Mon père et moi sommes très complices, on ne peut pas dire le contraire. Pourtant, nous sommes aussi radicalement différents dans des tas de domaines. Papa aime se lever tôt le matin pour aller courir dans le froid avant ses cours, ce qui à mes yeux est la pire des tortures. Moi, j'arrive à peine à faire un tour de gymnase en EPS. Papa a toujours les mains occupées (il dessine, il bricole) et sa salle de classe est ornée de toiles absolument magnifiques qu'on pourrait prendre pour des Monet. Moi ? Chaque fois que je dessine ou peins, le résultat n'a rien à voir avec ce que je voulais faire. J'arrive même à rater les bonhommes bâtons.

Cela dit, il y a une chose particulière que mon père et moi avons en commun. Une série qu'on adore regarder juste tous les deux.

Doctor Who.

Regarder ensemble l'épisode spécial de Noël est devenu notre rituel du réveillon.

Maman et Nonny supportent.

Dans l'un de mes épisodes préférés, le docteur dit que la vie n'est pas simplement bonne ou mauvaise ; que c'est une accumulation de bonnes choses et de mauvaises choses. Peut-être que les bonnes choses n'équivalent pas aux mauvaises, mais les mauvaises ne diminuent pas pour autant l'importance des bonnes choses.

J'y pense très souvent.

Voici ce que j'ai accumulé à Noël.

Dans les bonnes choses : maman et papa qui se tiennent la main sur le canapé, à peine capables de garder les yeux ouverts tant ils tombent de sommeil. Thomas qui attire Nonny sous le gui dès que l'occasion se présente. Les biscuits maison à la cannelle. Les caramels enrobés de chocolat dans ma grande chaussette accrochée à la cheminée. Un livre sur Rosalind Franklin, la femme qui a contribué à la découverte de la structure de l'ADN (oui, mes parents connaissent bien mes goûts). Le bébé Cecilia qui doit savoir que c'est Noël et qui gigote tellement dans le ventre de Nonny qu'on a tous le droit de poser la main dessus. La première fois que je sens un coup de pied, je dis :

– Salut, Cecilia, et bienvenue dans la famille !

Nonny qui sourit en déballant la boîte à musique que j'ai commandée sur Internet. Quand on soulève le couvercle, un système solaire miniature en sort et tourne en orbite. Sur une musique de Celtic Woman.

Dans les mauvaises choses : la bougie et le joli cahier de recettes que j'offre à maman. (Elle dit que ça lui plaît beaucoup. Ce n'est pas que je ne la croie pas, mais je ne vois pas quel cadeau de Noël on peut offrir à sa mère, qui soit à la hauteur de ce qu'elle est). Nonny qui est un peu malade en fin d'après-midi et manque de vomir, mais qui dit aller mieux après avoir bu une gorgée d'eau et s'être détendue en notre compagnie sur le canapé.

Ça a beau être Noël, j'imagine toujours le pire : Nonny et son bébé pourraient être souffrants de mille et une façons. Je sens perpétuellement un petit nuage d'inquiétude flotter au-dessus de ma tête (« perpétuellement » fait partie d'un registre de langue soutenu, on l'a vu en cours le mois dernier).

Mais le pire, c'est la mort de la grand-mère de Talia, le vingt-quatre décembre. Quand Talia me l'annonce par texto, je reste assise sur mon lit cinq bonnes minutes, les yeux rivés sur mon téléphone. Je trouve ça injuste. Je demande à ma mère quoi répondre. Sur ce coup-là, je ne peux pas utiliser une question silencieuse. Avec l'aide de maman, j'écris : *Je suis vraiment désolée. C'est très triste. Je pense beaucoup à toi et à ta famille.* Elle répond : *Merci*. Pendant quelques jours, je n'ai pas de nouvelles. Je ne lui en veux pas.

Il y a tellement de choses importantes qui se profilent : le bébé de Nonny, le concours de Talia, la venue de M. Hickman... Quand on y ajoute l'épreuve que Talia traverse, tout ça ressemble à un petit mont Everest. Du coup, lorsque je me blottis bien au chaud sous le bras de mon père après notre film du jour, je me dis que je pourrais rester là toute ma vie.

– Papa ? dis-je. Est-ce que ça va aller, pour Talia ? Je sais que non, pas vraiment, mais… tu crois qu'il va lui rester assez de bonnes choses, dans ce qu'elle aura accumulé ?

Mon père me serre fort.

– Ce moment difficile restera gravé en elle, répond-il. Mais les bonnes choses accumulées seront toujours là, elles aussi. À ma connaissance, Talia a la chance d'avoir dans sa vie au moins une chose particulièrement bonne.

Savez-vous que, lorsque votre père vous embrasse sur le haut du crâne, vous sentez la chaleur se répandre jusqu'au bout de vos orteils ?

LE RÊVE IMPOSSIBLE

Je trouve bizarre que la vie reprenne son cours normal après l'interruption des vacances. Tous les soirs, Nonny recommence à appeler Thomas, reparti aux Keys faire son travail dangereux. Moi, je reprends mes pauses-déjeuner à la bibliothèque. Je reprends les devoirs.

Je reprends mes projets et mes corrections.

Même Talia est de retour. Je crois voir la tristesse qui l'habite dans le gris autour de ses yeux, en particulier quand elle tente un sourire en me saluant d'un signe de la main, lorsque j'arrive en cours. Elle ne dit pas grand-chose et observe surtout son crayon. Elle travaille plus dur que jamais sur son concours de poésie. Un jour, elle me fait passer un mot qui dit : *Désolée de ne pas pouvoir manger avec toi ce midi, une fois de plus. Ma grand-mère m'a dit de travailler aussi dur que possible et je vais respecter sa volonté, crois-moi.*

Après l'avoir lu, je la regarde en acquiesçant. Comme je ne connais pas le signe pour dire : « Je suis toujours triste pour ta grand-mère, mais je sais qu'elle serait fière de toi et que tu vas assurer à ce concours. Fais ce que tu as à faire », je me contente de lever les pouces à son intention.

Je reçois un autre mot d'une nouvelle personne. Charise, une des filles de la cantine, me tend un bout de papier dans le couloir. Elle a testé les cupcakes constellations de ma mère et les décrit comme « incroyablement délicieux » ! Je réponds « merci » suivi de cinq points d'exclamation. Je sais que ce petit mot fera plaisir à maman.

Je reprends donc mon grand projet, à moitié terrifiée et à moitié impatiente que M. Hickman arrive enfin à Boulder. Il ne reste que deux semaines. En plus de ma dissertation, ma chambre est jonchée de pages imprimées, photos découpées, bâtons de colle, ruban adhésif et matériel divers du même genre. Je serai parée, ça, c'est sûr.

Je parle à Cecilia presque tous les soirs.

D'habitude, passer un projet en revue m'aide à me sentir mieux. C'est pourquoi j'aime faire mes devoirs en avance : je suis prévoyante. Comme ça, quand j'arrive au collège le lendemain, je sais que je suis prête.

Je crois que je le suis pour les grands événements qui se profilent, mais j'ai toujours peur.

« Timorée ». Un autre mot soutenu que j'ai appris en cours. Ça veut dire « craintive ».

Quand mon moi flippé débarque, il bouscule tout sur son passage et et envoie balader mon moi confiant. Si mes deux moi étaient à une fête, mon moi flippé se mettrait à parler très fort et à couper sans cesse la parole à mon moi confiant.

Alors, après les cours, je récupère mes affaires dans mon casier et je décide d'aller voir une femme qui, selon moi, ne connaît pas la peur.

Assise à son bureau, elle est penchée sur des documents.

– Madame Trepky ?

Elle lève les yeux. Quand elle me voit, elle pose son stylo et range ses feuilles.

– Oui, Libby ? réplique-t-elle. Que puis-je faire pour toi ?

Soudain, je ne sais plus quoi dire. D'habitude, ça ne me stresse pas, mais maintenant que mon moi flippé a fait surface, c'est un peu lui qui a pris les commandes et refuse de les lâcher.

– Euh...

C'est peut-être une idée débile. Si ça se trouve, ce n'est pas un sujet qu'on doit aborder avec ses profs. Si les autres élèves l'apprenaient, ils trouveraient ça bizarre. Peut-être que Mme Trepky elle-même trouvera ma question étrange et gênante.

Elle croise les mains sur ses genoux. Sa bouche s'étire ; ça ne ressemble pas vraiment à un sourire : ses lèvres ont à peine remué. C'est plutôt un sourire intérieur. Je sais alors qu'elle ne trouvera pas ma question gênante.

Je demande d'une traite, pour être sûre que ça sorte :

– Est-ce que ça vous arrive d'avoir peur ? Peur de faire quelque chose ?

Mme Trepky regarde ses mains et sourit denouveau. Ce n'est pas un sourire qui signifie : « Comme elle est mignonne ! » (ce qui aurait pu me faire pleurer). Il veut plutôt dire : « Je ris de moi-même. »

– Laisse-moi te confier un secret, répond-elle.

Je m'approche.

– Sais-tu quel est le bruit qui m'effraie le plus ? me questionne-t-elle.

Un bruit effrayant ? Je propose :

– L'alarme incendie ?

– La sonnerie du collège, la première de la matinée.

J'écarquille les yeux. C'est comme si un tigre venait d'avouer qu'il avait peur des miaulements d'un chaton.

– La sonnerie ? Pourquoi ça ?

– Parce que ça veut dire que c'est l'heure de rejoindre mes élèves et de commencer mon cours. Je vais te confier un secret que tous les professeurs partagent. Rien n'est plus effrayant qu'enseigner.

– Pourtant… on n'est que des ados.

– Justement. Vous êtes notre avenir, et on ne veut pas tout gâcher.

– Mais… si ça vous fait si peur, pourquoi vous le faites ? Et comment vous arrivez à le faire tous les jours ?

Mme Trepky décale sa chaise et se penche vers moi. Je remarque qu'elle m'observe très attentivement derrière ses lunettes.

– Ces choses qui te font peur, sont-elles importantes ? m'interroge-t-elle.

Pas besoin de réfléchir longtemps pour répondre :

– Elles sont capitales.

Elle hoche la tête.

– Exactement. Si elles ne l'étaient pas, ou si ça t'était égal, tu n'aurais pas peur. Donc, comme elles t'importent, tu les fais quand même.

– Alors comment faire pour ne plus avoir peur ?

– La peur ne disparaît pas, dit-elle. Mais on apprend à la maîtriser. À vivre avec, même quand on risque d'échouer. Et ça, pour moi, c'est la meilleure définition du courage.

Nous restons silencieuses un moment, le temps que je comprenne ses propos. Peut-être que Mme Trepky a deux moi, elle aussi. Peut-être que son moi flippé geint comme le mien. Peut-être que, pour le moi confiant, il ne s'agit pas de réduire au silence le moi flippé mais d'apprendre à faire avec.

– Merci, madame Trepky, dis-je.

Je ne sais pas si je saurai être aussi courageuse qu'elle, mais je n'ai pas vraiment le choix. Il y a trop d'enjeux effrayants à l'horizon.

– Libby, m'appelle Mme Trepky.

Je la regarde depuis le seuil de la salle. Elle hésite, la bouche entrouverte comme si elle cherchait ses mots. J'attends.

– Tu fais du bon travail dans mon cours, ajoute-t-elle enfin.

UN NOUVEAU MÉDECIN

Quelques jours après ma conversation avec Mme Trepky, ma mère vient me chercher au collège avec une demi-heure d'avance.

Je me laisse tomber sur mon siège et lâche mon sac à mes pieds. Il y a tant de tourbillons de soucis dans ma tête (à propos du bébé, de M. Hickman, de Talia) que j'ai l'impression d'avancer dans le brouillard.

– Comment se sont passés les cours ? me demande maman.

– Bien, dis-je en me retenant de triturer mes ongles.

C'est ce que je fais quelquefois quand je suis concentrée à fond sur quelque chose qui m'angoisse.

Comme maman se racle la gorge et tourne la tête vers moi, je sais qu'elle s'apprête à m'annoncer un truc important.

– Ma chérie, tu… tu te souviens quand tu prenais des cours de piano et que c'était très difficile ? Et qu'il y avait un élément sur lequel je devais me renseigner ?

J'acquiesce. Maman compte-t-elle me réinscrire aux cours de piano ?

Elle poursuit :

– Ma puce, je sais que tu es pas mal angoissée par ce qui est arrivé à Talia, par le collège, et tout ça. Alors, si ça te convient, je vais t'emmener voir un autre médecin, une dame, car je pense qu'elle pourrait t'aider.

– Un médecin ? De quel genre ?

– On appelle ça… une neuroscientifique, je crois. Ou une psychologue.

– On pourrait dire… une neuropsychologue ?

– Oui, ça marche aussi. Tu es d'accord ? On va juste lui parler.

Ma mère m'observe, les mains sur le volant. Apparemment, me demander mon avis la rend nerveuse. Pour une raison que j'ignore, elle semble avoir peur de me vexer. Je lui souris pour détendre l'atmosphère ; ses épaules se relâchent.

– D'accord, dis-je.

Le cabinet est situé dans un immeuble en brique, à une vingtaine de minutes de route. Décoré de tableaux représentant des paysages, il est meublé de fauteuils gris rembourrés et sent la même odeur de latex et de produit désinfectant que les autres cabinets médicaux. Maman signale notre présence à l'accueil, puis une infirmière en blouse turquoise nous guide vers les pièces du fond. Rien d'exceptionnel.

Sauf que, cette fois, c'est un peu différent. Cette fois, je ne retire pas mes chaussures, je ne monte pas sur la balance et on ne prend pas ma tension. Dans le bureau de la médecin, il n'y a pas de table d'examen recouverte d'une protection jetable sur laquelle je dois m'allonger. À la place, il y a plusieurs fauteuils et un bureau.

Une femme entre. Elle me dépasse de quelques centimètres à peine, a la peau marron et un sourire éblouissant.

– C'est toi, Libby ? me demande-t-elle.

Je lui serre la main et lui souris à mon tour. J'aime déjà le docteur Prasad (c'est son nom).

– Oui, dis-je.

Ainsi commence la consultation la plus étrange que j'aie jamais vécue. Au début, le docteur Prasad me pose des tas de questions. Est-ce que j'aime le collège ? Qu'est-ce qui me plaît là-bas ? Je réponds que je déteste les maths. Elle m'interroge sur mes copains. Est-ce que c'est compliqué pour moi de me faire des amis ? Je lui raconte que j'aime déjeuner à la bibliothèque, et je lui parle de Talia. Elle me bombarde de questions sur la façon dont on est devenues amies, elle et moi. Elle veut savoir si je connais la différence entre l'angoisse et la peur. Quand je réplique : « Bien sûr », elle sourit et me demande si je me sens souvent angoissée.

Ensuite, elle me fait passer des tests, un peu comme des jeux. Elle me montre des cartes avec des symboles ou des sons que je dois mémoriser, puis je joue sur l'ordinateur : je dois appuyer sur la barre d'espace dès que je vois une lettre précise. Certains exercices sont faciles, d'autres beaucoup plus difficiles qu'il y paraît.

Après, on patiente quelques minutes. Pendant que le docteur Prasad et maman s'isolent dans une autre pièce pour parler en privé, je lis un numéro de *National Geographic*.

À leur retour, je n'arrive pas à déchiffrer l'expression sur le visage de maman. C'est comme si elle avait pleuré, et en même temps non. Comme si elle était à la fois triste et soulagée. Comme si elle se tenait prête à agir, mais aussi à s'allonger.

– J'ai été ravie de faire ta connaissance, Libby, dit le docteur Prasad. Continue à bien travailler en classe.

Je hoche la tête.

– Merci, souffle ma mère, comme si ça venait vraiment du fond de son cœur.

Comme si, après deux heures, le docteur et elles étaient devenues les meilleures amies du monde.

Moi, je suis prête à partir, alors que d'habitude je n'ai pas spécialement hâte de quitter les cabinets médicaux. La neuropsychologue était super gentille, mais j'ai l'impression d'être restée trop longtemps sous un microscope.

TANV

Après être repassées devant l'accueil, maman et moi prenons l'ascenseur sans rien dire pour redescendre au rez-de-chaussée. J'aimerais vraiment avoir des explications, mais comme de mon côté j'essaie de réfléchir à tout ce qui s'est passé, ça ne me dérange pas qu'on reste silencieuses un moment.

Puis, une fois dans la camionnette, maman met le contact et baisse le volume de la radio.

– Tu te rappelles, quand on t'a parlé du syndrome de Turner ? me demande-t-elle.

– Oui. On mangeait du gâteau au chocolat. On va en manger encore ?

Ma mère rit.

– Si tu veux, mais cette fois, c'est un peu différent. Là, c'est une autre partie… d'un tout.

– Le glaçage, quoi.

Elle m'observe.

– Tu te souviens du garçon dans ta classe, en CE2, qui prenait un traitement pour son TDAH ? Son trouble du déficit d'attention avec hyperactivité ?

– J'ai la même chose que lui ?

– Non ! Non, pas du tout. Je cherche seulement un exemple…

– Ah.

– Peut-être que je m'y prends mal… Je ne sais pas. C'est la première fois que je dois expliquer… Bon, chacun a sa manière d'apprendre, on est d'accord ?

J'acquiesce.

– Et notre cerveau sait faire un tas de choses.

– Oui.

– Ton cerveau à toi fonctionne parfaitement. C'est juste que, très souvent, le syndrome de Turner agit aussi sur la manière dont le cerveau apprend.

– Comme pour ceux qui ont un TDAH.

– En quelque sorte, oui, mais ce n'est pas pareil. Toi, tu as un TANV, un trouble d'apprentissage non verbal.

Je contemple les rides profondes qui lui barrent le haut du nez. On n'a toujours pas commencé à rouler.

Je l'interroge :

– J'ai un trouble de l'apprentissage ?

– Ce terme-là ne me plaît pas, grimace maman.

Puis elle ajoute, presque comme si elle se parlait à elle-même :

– Avec ce nom officiel, on dirait que... Elle a aussi demandé si tu voulais un aménagement scolaire spécial ou des contrôles à part...

Elle s'interrompt et m'observe :

– Tu n'as pas besoin d'une aide particulière pour tes interros, hein ?

Je m'étonne :

– Une aide ? Comment ça ? J'ai de super bonnes notes !

Maman regarde devant elle et hoche la tête.

– C'est ce que je lui ai répondu.

Elle prend une profonde inspiration et tourne de nouveau la tête vers moi.

– Mais, ma puce, ça explique en partie ta tendance à... stresser ou à te focaliser sur ce qui t'angoisse. Pourquoi certaines choses sont particulièrement difficiles pour toi. Comme apprendre à jouer du piano.

Je suis si occupée à essayer de comprendre pourquoi maman me scrute avec une telle inquiétude qu'il me faut quelques secondes pour comprendre ce qu'elle vient de dire.

Enfin, je demande :

– C'est pour ça que j'avais du mal avec le piano ?

– Oui. Quand on a un TANV, ça rend certaines choses plus compliquées. Ce qu'on ne peut pas expliquer avec les mots devient complexe. Par exemple, lorsqu'on discute avec les gens, c'est plus difficile de décrypter ce qu'ils ne disent pas tout haut. L'amitié et le piano, c'est très stimulant pour ton cerveau, mais c'est aussi compliqué. Tu vois ce que je veux dire ?

Elle observe attentivement mon visage, comme le faisceau d'une lampe torche qui balaierait les mots sur une page.

Je pense aux questions silencieuses de Nonny et à ses longs doigts qui bondissent sur les touches du piano, telles des araignées qui sautillent. C'est pour ça que j'ai mis si longtemps à découvrir les questions silencieuses. C'est pour ça que j'ai toujours eu l'impression que mon cerveau et mes mains n'étaient jamais connectés à la partition, peu importe le temps que je passais à m'exercer.

Je ne sais pas trop comment réagir à cette nouvelle, comme si elle était à la fois glacée et brûlante. Encore une particularité qui me différencie des autres. Qui m'empêche de faire les mêmes choses que maman et Nonny. Toutes les deux sont des cygnes gracieux. Suis-je destinée à toujours être un vilain petit canard ?

D'un autre côté, ça veut dire que je n'y suis pour rien. C'est scientifique.

Et je ne vais pas culpabiliser à cause de la science, hein ?

Et si ça impliquait qu'il y a encore des tas de trucs que je ne pourrai jamais faire ?

Soudain, ma mère reprend la parole :

– Je suis vraiment fière de toi, mon trésor.

Fière ? Moi, je ne vois pas de quoi être fière. Je me sens perdue, à essayer de trouver comment combiner la partie de moi qui a envie de pleurer de soulagement à celle qui est piégée dans une boîte cadenassée, sans la clé.

Je lève les yeux vers ma mère.

– Tu… Tu te donnes tant de mal, poursuit-elle. Pour tout. Cette audition de piano…

Je demande :

– Le désastre digne d'une supernova ?

– Non, rectifie maman. Non, c'est comme si tu avais dû jouer avec les mains attachées dans le dos. Et tu l'as fait quand même.

Je regarde mes genoux. Il fait trop chaud, dans cette camionnette. Cette chaleur me brûle les yeux. C'est une chaleur de : « Et s'il y avait un tas de choses que j'étais incapable de faire ? » Une chaleur de : « Maman est fière de moi. » Non pas que je serais gênée de pleurer devant ma mère, mais je ne sais jamais quoi faire quand je ressens cette chaleur si sombre, si sérieuse. Dans ces cas-là, j'ai tendance à m'agiter. Je dois évacuer un peu de cette vapeur.

Alors je retire mes chaussures, je m'assois sur mes mains et je pose les pieds sur le tableau de bord. Ensuite, je me mets à pianoter des orteils et à fredonner le morceau de mon audition.

Maman rit. Nous quittons le parking. J'espère qu'elle a compris ce que je voulais exprimer à travers ma blague. Une blague entre nous, un peu différente.

La chaleur qui me brûlait les yeux se dissipe et disparaît.

Pour l'instant.

Y A-T-IL UN MONSTRE DANS CE CERVEAU ?

Ce soir-là, Nonny est toute pâle. Encore plus que d'habitude (c'est dire). Le genre de pâleur dangereusement proche du teint gris qu'elle avait avant, lorsqu'elle était nauséeuse. Elle répète qu'elle va bien ; pourtant, je vois que ça ne va pas.

Je fais bouillir de l'eau et lui prépare une tisane et des tartines grillées. Nos parents sont sortis en amoureux, mais maman m'a montré comment faire les infusions, même si au début j'ai cassé quelques mugs. Malgré tout, ça fait un peu bizarre d'être seule dans la cuisine.

Nonny est allongée sur le canapé, les yeux fermés. Ses longs cheveux noirs pendent jusqu'au sol. Si j'avais été une artiste de talent, c'est ainsi que je l'aurais peinte. Ça doit être le parfum de l'infusion à l'orange qui l'incite à me regarder. Elle sourit. Je suis contente de voir que ses joues reprennent un peu de couleur.

– Oh, toi alors ! s'exclame-t-elle. Tu n'étais pas obligée.

Je pose le mug et l'assiette avec les tartines sur la table basse, près du canapé. Nonny se redresse tandis que je m'installe à ses pieds. Elle prend le mug à deux mains, inhale la vapeur et soupire après avoir bu une gorgée.

– Merci, souffle-t-elle. Tu es ma sœur préférée.

Je rétorque :

– Y a intérêt.

Elle boit une autre gorgée et mord dans une tartine.

– Il paraît que tu avais un rendez-vous chez le médecin, dit-elle quelques secondes plus tard.

Je cale mes pieds sous moi.

– Oui.

– D'habitude, tu aimes bien y aller.

– Oui.

– Mais pas cette fois ?

– Si, j'ai trouvé le docteur Prasad très sympa.

Une autre gorgée. Cette fois, j'ai conscience que Nonny me pose une question silencieuse.

– C'est bizarre… dis-je.

Je n'arrive pas à mettre le doigt sur ce qui me chiffonne exactement. J'ajoute :

– J'ai du mal à m'expliquer.

Elle continue avec ses questions silencieuses.

Je lui confie :

– C'est comme si… comme si on m'avait annoncé qu'il y a un truc qui contrôle ma façon de penser. Enfin, pas tout à fait, mais il y a un truc qui *influence* ma façon de penser. C'est… C'est étrange. Si… c'est vraiment ça, si mon cerveau est vraiment différent, alors je… je me demande si je pense par moi-même ou si mon cerveau me contrôle malgré moi.

– Je comprends, réplique Nonny. À mon avis, ça ne veut pas dire qu'il y a un truc dans ton cerveau qui te contrôle. C'est juste que ton cerveau est construit d'une certaine façon. Ça fait partie de toi.

– Ce n'est pas une question de construction mais de fonctionnement, dis-je. Mon cerveau fonctionne différemment. Qu'est-ce qui se passerait si je n'avais pas ce truc-là ? Ça voudrait dire que je serais quelqu'un de différent, non ?

– Sans doute, confirme ma sœur. Mais ce n'est pas le cas.

– Mouais...

Après avoir reposé son mug sur la table, Nonny se redresse.

– Essaie de voir ça autrement. Parle-moi d'une chose que tu as apprise en cours aujourd'hui.

– Euh... Oh, on a eu une sensibilisation à la sécurité sur Internet.

– Aujourd'hui, ton cerveau n'est donc déjà plus le même qu'hier. Pas vrai ?

– Oui, je suppose.

– Pourtant, tu es toujours toi, non ?

Je ne peux pas m'empêcher de sourire.

– OK, je vois où tu veux en venir !

– Et voilà, conclut Nonny avant de reprendre son mug.

Je savais qu'elle me comprendrait. Et je sais, sans le moindre doute, que je suis prête à tout pour que son bébé soit parfait. Mais de temps à autre, des « et si ? » me passent par la tête comme des comètes fulgurantes. Il y a les « et si ? » habituels, du genre : « Et s'il y avait un problème ? » Et il y a aussi les autres. Par exemple : « Et si j'étais la meilleure tante du monde, la plus parfaite, la plus compréhensive, pour une nièce atteinte du syndrome de Turner, elle aussi ? »

– Nonny ?

– Hmm ? répond-elle après avoir bu une autre gorgée.

– Et si… Et si le bébé était différent ? je demande.

Nonny avale sa tisane de travers, mais elle est si élégante qu'elle se contente de tousser un peu.

– Ça t'inquiète ? me questionne-t-elle.

Je tire sur un fil de l'ourlet de mon tee-shirt. Pourquoi est-ce toujours si difficile de trouver les mots justes lorsque c'est très important ? Je pourrais parler de ce qui m'enthousiasme pendant des heures, mais quand il s'agit de formuler ma pensée, c'est une autre histoire.

– C'est-à-dire que… Je me demande…

Nonny pose son mug sur la table et met une main sur mon genou. Entre ses sourcils, il y a un froncement qui la fait ressembler à maman.

Je sais que, quoi qu'il arrive, ma sœur aimera son bébé plus que la vie parce qu'elle est comme ça.

Et je sais que, techniquement, ce n'est pas parce que je suis atteinte du syndrome de Turner que ce bébé risque de l'être. Malgré tout, les choses pourraient ne pas se dérouler comme prévu. Malgré tout, ça pourrait être difficile. Je veux que tout soit simple et parfait, autant pour la petite Cecilia que pour Nonny.

– Ce bébé naîtra comme il naîtra, me raisonne Nonny. Et je serai sa mère. C'est aussi simple que ça.

– Et moi, je serai sa tante, dis-je.

Nonny sourit. Son froncement pareil à celui de maman se détend.

– Oui. Tu seras sa tante.

Je vois à sa brève grimace qu'elle a mal au cœur et soudain, je me souviens de ma mission.

– Attends, dis-je. Cette fois, c'est moi qui suis censée prendre soin de toi.

Je cours jusqu'au lit de ma sœur, récupère sa grande couverture imprégnée de son odeur (celle de son shampooing à la lavande) et la dépose sur ses genoux.

– J'ai une idée, dit Nonny. Aujourd'hui, je suis trop fatiguée pour lire une histoire à Cecilia. Ça te dirait de nous faire la lecture ?

Je bondis sur le canapé.

– Oh, je peux vous lire le roman qu'on étudie en cours !

– Qu'est-ce que c'est ?

– *Le Petit Monde de Charlotte*.

– Super. Tu es géniale.

Alors je me précipite dans ma chambre pour prendre mon livre dans mon sac à dos et je retourne m'asseoir auprès de Nonny.

À la fin du premier chapitre, ma sœur a les paupières closes ; sa poitrine monte et descend doucement. Dans le sommeil, elle a l'air moins patraque. Quoi qu'il m'en coûte, je veillerai à ce qu'elles restent comme ça. Elle et la petite Cecilia. En sécurité, heureuses et parfaites. Je glisse mes pieds sous la couverture, pose ma tête à l'autre bout du canapé et ferme les yeux à mon tour.

LE GRAND PROJET

Voici ce que j'ai fait pendant les trois jours qui ont suivi ma consultation avec le docteur Prasad et précédé l'arrivée de M. Hickman à Boulder.

J'ai demandé à Mme Trepky de relire une dernière fois ma lettre sur Cecilia Payne. J'ai déjà rédigé la première partie. Maintenant, il me reste à terminer le volet projet et à écrire un paragraphe à ce sujet. Alors, je serai tout à fait prête pour recevoir le premier prix.

Je passe en revue mon grand projet. Certaines étapes sont faciles, comme prévoir ce que je dirai à M. Hickman, étudier le plan du campus et repérer le bâtiment où l'éditeur est censé faire sa conférence.

J'ai toujours peur, mais je sais quoi faire. Je suis armée. D'autres étapes sont plus difficiles. Le campus n'est qu'à quinze ou vingt minutes de vélo. Je suis capable de faire ce trajet à condition d'être prudente et bien couverte. Hélas, M. Hickman vient un vendredi (un jour où j'ai cours), en pleine journée. Je ne vois pas trop comment résoudre ce problème.

La veille du jour J, je fais passer un mot à Talia. Je réfléchis à ce que je vais dire avant d'écrire. Je note : *Comment ça se présente, ton poème ?* Ce à quoi elle répond : *Ça déchire tout. De la bombe.* Je lève un pouce à son intention. Elle fait de même en retour.

Puis après les cours, j'aide ma mère à préparer un gâteau de mariage pour une cliente. Par « aider », je veux surtout dire « regarder » . Maman a un tas d'astuces pour réussir les décorations en n'utilisant que sa main droite. C'est comme observer une artiste en plein travail.

Ma mère et moi parlons peu de mon TANV. Ça ne m'étonne pas. Je me dis que maman n'a pas envie d'en discuter. Non pas qu'elle ait peur ou soit mal à l'aise, mais je crois qu'elle évite d'insister là-dessus pour ne pas me donner l'impression d'être réduite à ce trouble.

C'est pour cette raison que je ne vais pas non plus sur Internet chercher des informations sur les TANV. Du moins pas tout de suite. Je tiens à parler à M. Hickman d'abord. Au cas où Internet m'apprendrait que je ne suis pas capable de m'adresser à des gens comme lui.

Il me reste donc à finaliser le trajet jusqu'à l'université. Je veux toujours participer au concours et remporter le premier prix, et je veux que ce soit une surprise, mais je vais forcément devoir parler à ma mère. J'envisage mille options. La seule manière de ne pas impliquer maman, c'est de lui mentir et d'y aller en douce. Et ça, il ne faut pas y compter.

Alors, à la fin de la journée, j'aborde le sujet.

Comme tous les soirs, ma mère lisse sur mes jambes la couverture aux motifs de lunes et d'étoiles.

– Maman ? dis-je.

– Oui ?

– Je dois te poser une question bizarre. Mais c'est sérieux. Et… c'est un secret, aussi, en quelque sorte. Une surprise. Du moins en partie.

– Est-ce que je dois m'inquiéter ?

Je la rassure :

– Non, non ! Pas du tout. Ça concerne le projet un peu secret sur lequel je travaille pour le cours de Mme Trepky. Demain matin, je dois à tout prix aller à l'université en vélo. Je sais que j'ai cours, mais c'est hyper important. En plus, je n'ai aucune interro ni rien, et je connais déjà les devoirs qu'il y aura à faire pour ce week-end. Et…

– Pourquoi dois-tu aller à l'université ? Tu veux déjà passer ton doctorat ?

Je proteste :

– Je ne plaisante pas !

– Je sais.

– Je ne veux pas gâcher la surprise, mais il y a un éditeur qui vient sur le campus demain. Et pour le projet, ce serait vraiment super génial si je pouvais lui parler.

Maman pose ses mains sur mes genoux qui pointent sous la couverture.

– Mon trésor, je comprends que c'est important pour toi, mais le campus, c'est loin, à vélo ! Et je n'aime pas l'idée que tu traînes là-bas toute seule.

J'insiste :

– J'ai déjà tout planifié. J'ai un plan, j'aurai mon téléphone, et je ne parlerai à personne sauf pour donner à l'éditeur le truc que j'ai prévu. Et...

– Mon trésor, c'est...

– Maman, je t'en supplie ! C'est... C'est la chose la plus importante que j'aie jamais eu à faire. Je dois *absolument* le faire.

Maman tapote mes genoux et prend une grande inspiration. Ça dure un petit moment. Je ne dis rien, de peur de gâcher mes chances si elle penche pour un oui.

– Bon, finit-elle par dire. Voilà ce que je te propose. Tu travailles déjà très bien, donc j'accepte que tu rates les cours demain matin. Par contre, c'est moi qui te conduirai au campus. Attends, écoute-moi. Je sais que c'est un secret, mais je te conduirai là-bas et je t'accompagnerai à pied jusqu'au bâtiment où tu dois aller. Je resterai dans les parages. Toi, tu devras m'envoyer un texto toutes les demi-heures ou m'appeler. Marché conclu ?

Je gigote sous ma couverture et passe mes bras autour de ses épaules.

– Oui !

Ça y est, ça se concrétise ! Je vais bientôt parler à M. Hickman, que ça lui plaise ou non.

– Libby, que ce soit bien clair : si je te laisse faire, c'est parce que tu m'as prouvé que tu étais digne de confiance. D'accord ?

Je la serre si fort dans mes bras qu'elle pousse un petit soupir, comme un ballon de basket qui se dégonfle. Ça nous fait rire.

Je m'exclame :

– Tu es la meilleure maman du monde entier !

Je ne rêve pas. C'est la réalité.

C'est demain.

Demain.

Je sens mon moi flippé se profiler, prêt à pousser le plus grand hurlement de sa vie.

Comme l'a dit Mme Trepky, mon moi flippé peut faire tout le boucan qu'il veut, ça ne m'empêchera pas d'agir.

LE JOUR J

Je me réveille quarante-cinq minutes trop tôt et je n'arrive pas à me rendormir. Je reste au lit un moment, mais bientôt, même ça, je n'en suis plus capable.

Il est à peine six heures et demie. Je me lève malgré tout, m'habille et prépare mon sac à dos. Un quart d'heure plus tard, je suis prête.

Mon programme est établi. Maman et moi partirons à huit heures et demie. Ainsi, à neuf heures, j'attendrai M. Hickman sur les marches de la bibliothèque Norlin, où il doit faire sa conférence. Celle-ci n'est pas prévue avant dix heures, et peut-être que je calcule un peu large en m'y rendant une heure à l'avance, mais j'ai l'intention d'intercepter M. Hickman et de lui parler de Cecilia Payne avant qu'il entre dans la bibliothèque. Je me dis que, s'il est pressé ou a autre chose en tête, il se laissera peut-être plus facilement convaincre. Il m'écoutera et acceptera de prendre la grande enveloppe kraft dans laquelle j'ai glissé les lettres que j'ai rédigées et imprimées avec soin.

À sept heures, j'entends du bruit dans la cuisine et je sens l'odeur du pain grillé.

À côté de la cafetière, maman et Nonny regardent de leurs yeux fatigués le liquide brun s'égoutter. Depuis un moment, le ventre de ma sœur est aussi volumineux qu'un ballon de basket. Le dix-sept février va vite arriver. Même s'asseoir et s'extirper du canapé devient difficile pour Nonny.

Elles lèvent toutes les deux les yeux vers moi et maman rit.

– Je vois que tu es déjà prête à partir. Dire qu'il nous reste à peine une heure et demie !

Je porte mon pull violet préféré et mon bonnet jaune. Mes boots noires m'attendent près de la porte d'entrée.

Ça va être l'heure et demie la plus longue de ma vie.

Enfin, maman et moi montons dans la camionnette. Assise sur le canapé, Nonny nous jette des coups d'œil par la fenêtre. Elle cherche des albums pour enfants sur Internet. Je l'observe tandis que nous nous éloignons. Elle a l'air tellement… Je ne trouve pas le mot. Aucun de ceux que j'ai appris en cours ne semble convenir. Jeune n'est pas le terme exact, ni faible – ça, non ! Vulnérable ou exposée, peut-être. Fragilement enthousiaste.

Fragilement enthousiaste.

Que voit-elle, quand elle m'observe ? Est-ce positif ou négatif ? Peut-être que je renvoie moi aussi ce côté fragilement enthousiaste et que c'est pour ça que mon entourage veut m'aider, s'assurer qu'on ne me fasse pas de mal. En tout cas, une chose est sûre : assurer la défense des fragilement enthousiastes est la mission la plus importante que j'aie jamais eue.

Empêcher qu'une famille soit blessée, détruite ou divisée.

Je pense : *Vous vous souvenez, Cecilia ? C'est ça, le pacte.*

Enfin, nous voilà parties.

Malgré les jolis pins et les montagnes en toile de fond qui font la renommée de l'université du Colorado à Boulder, j'ai du mal à me concentrer sur le paysage. Comme maman sait où je dois aller, je passe presque tout le trajet les yeux rivés sur mon sac posé sur mes genoux.

Une fois sur le campus, tandis que ma mère m'accompagne jusqu'à la bibliothèque, j'observe mes boots noires, un pas après l'autre, et me répète en boucle que je dois ignorer mon moi ultraflippé. Aujourd'hui, c'est mon moi courageux qui est aux commandes.

Peut-être est-ce dû au fait que je ne prête pas attention à ce qui se passe autour de moi ; toujours est-il que je m'étonne de me retrouver devant la bibliothèque. Je lève les yeux et compte les grandes colonnes couleur pêche qui ornent la façade. Je vais attendre à l'ombre de l'une d'elles, en haut des marches.

Maman pose une main sur mon épaule. Je cligne des yeux.

– Ma chérie, tu vois ce café ? Je vais m'installer là, d'accord ?

J'acquiesce.

– N'oublie pas de m'envoyer un texto toutes les demi-heures, ajoute-t-elle.

J'acquiesce.

– Ça va aller ? me demande-t-elle.

J'acquiesce.

– Tu en es sûre ? insiste-t-elle.

Je cligne de nouveau des yeux.

– Oui, j'en suis sûre.

– Très bien. Je ne suis pas loin.

Et voilà comment je me retrouve à poireauter sur les marches de la bibliothèque avec une grande pancarte sur laquelle j'ai collé un portrait de Cecilia Payne, accompagné d'une légende trouvée par moi, qui dit : *M. HICKMAN, VOICI CECILIA*. En venant, j'ai tenté de porter ma pancarte face cachée, de sorte que maman ne la voie pas. Après tout, cette surprise est un peu pour elle aussi. Elle a eu la gentillesse de ne pas me poser de questions.

J'ai également tenté de dessiner un télescope dans un coin, mais comme je ne suis pas douée en dessin, le résultat n'est pas franchement convaincant. J'aurais pu demander à mon père de me donner un coup de main, mais lui non plus, je ne veux pas le mettre dans la confidence.

Le temps qui passe est comme du mastic. Il s'étire puis se rétracte, avant de s'étirer de nouveau. Les gens (les étudiants) n'arrêtent pas de me regarder, mais c'est à peine si je les remarque. De toute façon, j'ai du mal à déchiffrer l'expression des visages lorsqu'ils me sont inconnus, donc je fais comme s'ils étaient tous gentils. Ce qui est sûrement le cas.

Je commence à m'inquiéter du règlement du campus. Et si je l'enfreignais sans le savoir ? Et si on me dénonçait ? Et si un policier venait me demander ce que je fais là et où sont mes parents ?

Soudain, quelqu'un marche vers moi.

Un homme qui porte une mallette et un costume marron. Dont les cheveux clairs rappellent la nuance pêche des colonnes de marbre.

Un homme dont j'ai vu la photo sur le site des éditions Knight-Rowell une centaine de fois.

Nous y sommes, Cecilia. Vous êtes prête ?

L'homme me regarde puis observe le panneau, un sourcil haussé. Il ouvre la bouche pour dire quelque chose, mais je le devance.

– Monsieur Trent Hickman ?

– Oui ?

Il a une belle voix, pas du tout rocailleuse.

– Qui es… ? s'enquiert-il.

– Je suis Libby Monroe. J'ai appelé votre bureau plusieurs fois. Je dois vous parler de quelque chose de très important.

– Il faut que je…

Je l'interromps :

– Ça ne prendra qu'une minute. Je suis en cinquième, et dans mon cours d'histoire nous utilisons le manuel *L'Amérique moderne : vue d'ensemble*. C'est un excellent ouvrage, mais je crois qu'il y manque un élément essentiel. Une *personne* essentielle.

Plus je parle, moins j'entends les hurlements de mon moi flippé. Je suis prête. Mon discours est rodé. Je vais gagner.

– Écoute, je dois vraiment…

– Elle s'appelle Cecilia Payne-Gaposchkin. Elle enseignait à Harvard. Elle a découvert la composition des étoiles. Il faut qu'elle soit plus connue. Qu'à l'école les filles sachent qui elle est. Pour qu'elles puissent avoir envie de devenir astronomes à leur tour.

– Je dois…

– Je suis en train de rédiger une lettre pour un concours organisé par le Smithsonian. Il porte sur les femmes du pôle scientifique méconnues du grand public, et je dois entre autres monter un projet pour faire connaître Cecilia Payne. Selon moi, le meilleur des projets serait de la faire apparaître dans votre manuel.

M. Hickman soupire.

– C'est formidable.

– Vous trouvez aussi ? Du coup, vous voudrez bien l'ajouter dans votre prochaine édition ? Comme ça, je pourrai écrire à ce sujet pour le concours. C'est extrêmement important. Elle... Elle en a besoin.

M. Hickman nous regarde tour à tour, l'entrée de la bibliothèque et moi. Puis il hausse les épaules.

– C'est noté. Maintenant, il faut que j'y aille, petite.

– Alors, vous le ferez ? Vous allez la mettre dans le manuel ?

C'est comme si mes intestins s'étaient mués en une nuée de colibris. Je lui présente mon enveloppe et reprends :

– Voici... Voici ma lettre. Enfin, il y en a deux. La première est celle que j'ai écrite pour le concours, du moins ce que j'ai déjà rédigé. C'est pour que… pour que vous en sachiez plus sur Cecilia. Dans la seconde lettre, je vous donne toutes les explications de mon projet. J'ai aussi mis mon adresse mail pour que vous puissiez me répondre et me tenir au courant… Tout ça, quoi.

Il s'avance vers l'entrée, mais comme je lui tends l'enveloppe, il la prend.

– Oui, d'accord, réplique-t-il.

Là-dessus, sans même dire au revoir, il entre dans le bâtiment et s'éloigne rapidement, à longues enjambées.

Puis, à travers la porte vitrée, je le vois qui s'empresse d'aller vers la poubelle du hall, dans laquelle il jette mon enveloppe.

LA NUIT

J'écrirai d'autres lettres.

Je continuerai à appeler; je les harcèlerai jusqu'à ce que la dame du standard me reconnaisse rien qu'à ma voix.

Je vais regarder les billets d'avion pour New York.

Il y a forcément un moyen de m'y rendre.

Peut-être que d'autres personnes travaillent sur ce manuel.

Peut-être qu'elles m'écouteront, elles.

J'ai encore un peu de temps.

Il me reste plus de deux semaines avant la date limite du concours et la date présumée pour l'accouchement de Nonny.

Écoutez-moi, Cecilia. Le bébé va arriver. Vous avez vu le mal que je me suis donné ? Je ne baisse pas les bras. Je n'abandonnerai pas. Mais s'il vous plaît, Cecilia, vous non plus, ne m'abandonnez pas.

Je vous en supplie.

Je crois que maman me parle lorsque nous retournons à la camionnette, mais c'est à peine si je remarque où je pose les pieds.

Je me répète si souvent que je dois réfléchir que ça m'empêche de le faire. J'ai besoin qu'on m'aide. Qu'on me donne la solution. Qu'une main se tende vers moi comme elle se tend vers le héros d'un film lorsqu'il s'apprête à tomber d'une falaise.

Je tombe d'une falaise, me dis-je.

Et cette idée se fixe dans mon crâne.

Je tombe, tombe, tombe.

De retour à la maison, lorsque nous franchissons le seuil, Nonny me demande sans doute ce qui s'est passé, mais je ne l'entends pas vraiment. Je vais directement dans ma chambre, où j'allume mon ordinateur.

Longtemps, je reste assise devant l'écran.

Soudain, il arrive quelque chose qui coupe cette journée en deux. Qui la fait voler en éclats.

Si tout à l'heure le temps était comme du mastic, cet instant-là est celui où il se casse en deux ; comme si la première partie de la journée tombait dans une rivière et se faisait emporter par le courant.

Car tout ça, c'était Avant.

Car ensuite, il y a l'Après.

Car au moment où le soleil se couche, j'entends un bruit fracassant.

Car lorsque j'entends le bruit fracassant, je me précipite dans la cuisine. Et là, je trouve Nonny, des morceaux de mug brisé entre les pieds.

Et de l'eau.

De l'eau qui trempe son pantalon et forme une flaque poisseuse par terre. Avec une odeur un peu sucrée.

Nonny regarde l'eau, puis moi, comme une petite enfant qui va tomber de la balançoire alors qu'elle vole haut dans les airs.

Mon moi flippé connaît parfaitement cette expression.

J'appelle maman en hurlant.

Pour la deuxième fois de la journée, nous nous retrouvons dans la voiture.

Cette fois, Nonny vient avec nous. Papa aussi.

Cette fois, on sait tous où on va.

LA MATERNITÉ

Sur la route de l'hôpital, Nonny appelle Thomas. Il promet d'embarquer sur le prochain vol. Ma sœur sert les poings : on dirait qu'en plus d'avoir mal, elle a peur.

Le bébé serait-il arrivé avec des semaines d'avance, si j'avais réussi à convaincre M. Hickman ? Si je n'avais pas échoué ?

Maman prévient la maternité de notre arrivée. Ils ont préparé un fauteuil roulant pour Nonny. Maman et elle s'engouffrent entre les portes battantes. Papa et moi nous installons dans la salle d'attente. Nous patientons.

Soudain, après la frénésie de cette dernière demi-heure, il n'y a plus rien d'autre à faire.

L'ATTENTE

J'attends en pensant aux bébés qui naissent prématurément.

J'attends en pensant aux bébés qui ont un problème.

J'attends en pensant aux papas qui doivent travailler loin, très loin, pour essayer de combler les trous noirs financiers.

J'attends en pensant aux mamans qui souffrent.

J'attends en pensant que cette fois, ça pourrait être ma faute.

J'attends en pensant en boucle que mon projet a échoué et qu'un accouchement, c'est très, très long.

LES TERMES MÉDICAUX IMPRESSIONNANTS

J'apprends un nouveau terme médical impressionnant.

Cyanose.

Ça veut dire que les ongles, les lèvres et la peau du bébé ont une teinte gris bleuté.

Ça veut dire qu'il n'y a pas assez d'oxygène dans le sang du bébé.

DOCTOR WHO S'EST TROMPÉ

Peut-être que Doctor Who a tort.

Peut-être que les mauvaises choses gâchent réellement les bonnes.

Peut-être que, parfois, trop de mauvaises choses arrivent en même temps.

Peut-être que c'est comme si votre amie se noyait dans le chagrin et le travail acharné, et que vous, vous ne saviez pas où sont les gilets de sauvetage. Et que les éditeurs des manuels scolaires ne vous écoutaient pas. Et que vous preniez conscience de tout ce que vous êtes incapable de faire.

Et que le bébé de votre sœur naissait trop tôt.

Et que vous n'aviez rien fait pour empêcher ça.

L'ATTENTE, ENCORE

J'ai le droit de voir la petite Cecilia quelques secondes à peine, derrière une vitre.

Opérer un minuscule bébé, ça aussi, c'est très, très long.

DÉFAUT SEPTAL

Voici pourquoi les médecins ont emmené le bébé de Nonny.

Imaginez que le cœur soit une maison. Deux pièces au rez-de-chaussée, deux pièces à l'étage.

La petite Cecilia a un trou dans sa maison. Un trou entre les deux pièces de l'étage.

Ça s'appelle un défaut septal auriculaire.

Les médecins ont dit qu'ils allaient devoir l'opérer. Pour réparer la cloison trouée dans son cœur.

Le lendemain matin, nous attendons dans la chambre d'hôpital de Nonny, prostrés dans le même silence que la télévision éteinte. Papa est appuyé contre le mur. Il y a un bon moment qu'on lui a proposé une chaise, mais il l'a refusée, disant qu'il serait bien incapable de se poser. Maman est assise près de la fenêtre, les yeux rivés sur ses mains. Thomas est arrivé trois minutes avant qu'ils aient emmené le bébé. Il est allongé sur le lit, à côté de Nonny, un bras autour de ses épaules et l'autre en travers de sa poitrine, comme s'il était à la fois une ceinture de sécurité et le bouclier de Captain America. Personne ne bouge depuis un bout de temps.

Je me dis que, de retour à la maison, je retirerai mes affiches du système musculaire et de la Voie lactée. Mon poster anatomique ne dit pas toute la vérité. Je sais désormais qu'un muscle, comme le cœur de la petite Cecilia, peut avoir des trous et des déchirures. Quant aux étoiles, elles n'ont pas entendu mon vœu. J'ai essayé d'incarner une combattante et mes armes n'ont pas suffi. J'ai échoué. Ce que j'ai fait n'a pas marché.

Ça fait une heure qu'ils ont emmené le bébé.

Il y a dix minutes, une infirmière nous a informés que l'opération avait commencé.

Parfois, on n'a pas besoin de rayons X ni d'un stéthoscope pour voir qu'il y a un trou dans un mur.

Parfois, il est là, béant, sous votre nez. Parfois, vous regardez les gens qui sont dans la même pièce que vous, et il n'y a pas seulement un trou dans un mur, il y a aussi un toit qui s'effondre, une fenêtre brisée, des briques qui s'effritent, des fondations lézardées par une fissure pile au milieu.

La petite Cecilia et moi, nous aurons toutes les deux une cicatrice le long des côtes. Nous aurons toutes les deux un cœur rafistolé.

Quand j'imaginais ce que j'aimerais avoir en commun avec le bébé de Nonny, ce n'était pas ce que j'avais en tête.

UNE COUVEUSE

Parfois, quand vous êtes un bébé tout neuf et que vous avez besoin d'être opéré du cœur, vous devez rester quelques jours dans un caisson vitré.

Parfois, quand ce bébé tout neuf est votre nièce et que vous n'avez pas d'autre choix que de retourner en cours, c'est comme si vous étiez isolé derrière une vitre, vous aussi.

Nous n'avons pas le droit de prendre la petite Cecilia dans nos bras. Pas même Nonny. Cette semaine, chaque jour, quand je vais à l'hôpital après le collège, Nonny a la main glissée dans l'un des trous ronds percés dans le caisson vitré où se trouve son bébé et lui caresse la tête. Elle n'arrête jamais de la caresser. Thomas reste autant de jours qu'il le peut, assis avec Nonny et leur bébé, jusqu'à ce qu'il soit obligé de reprendre l'avion pour la Floride.

Le caisson vitré du bébé s'appelle une couveuse. Elle est fabriquée dans un plastique spécial. (J'ai fait des recherches sur Internet.) C'est déchirant de voir la petite Cecilia rester enfermée là-dedans en permanence, mais en fait, c'est pour la protéger, le temps qu'elle se remette de son opération. Ça l'empêche d'attraper des microbes et en plus ça la garde bien au chaud.

Mais c'est quand même déchirant.

Je ne sais pas trop de quoi est composée la vitre qui me coupe du monde ces jours-ci. Quoi qu'il en soit, elle fait rebondir les propos de mes professeurs dès qu'ils arrivent à quelques centimètres de mon visage. C'est comme si tout dans ma tête et tout ce que je disais résonnait, au loin. Comme si ma couveuse personnelle avait son propre écosystème, sa propre météo, et qu'il y régnait un temps maussade.

Durant le cours de Mme Trepky, j'essaie de me concentrer. Un jour, elle nous fait même écouter une chanson intitulée *We Didn't Start the Fire*, puis nous passons en revue chacune des personnalités mentionnées dans les paroles. En temps normal, ç'aurait dû être le meilleur cours que j'aie jamais eu, mais pas cette semaine.

Talia me fait passer un mot. Elle a écrit : *Je suis au courant… Je suis vraiment désolée.*

J'acquiesce.

Elle se met à griffonner sur un autre bout de papier. Rédiger quelques lignes lui prend presque toute l'heure. Cinq minutes avant la sonnerie, elle me donne un autre mot :

On sait que le soleil est une étoile
Mais il y a des jours où il brille trop fort
Des jours où quelqu'un que tu aimes te quitte pour de bon
Des jours où même les corps les plus minuscules connaissent les plus grandes souffrances
Alors quand le soleil brille de mille feux
Tu as envie de lui demander
« Comment oses-tu ? »

Ce n'est que lorsque Talia me tend un mouchoir que je me rends compte que je pleure.

MON CORPS *VS* MOI

Parfois, je m'interroge : serais-je une personne différente si mon corps avait été différent ? Parfois, je ne suis pas sûre de savoir distinguer ce qui est mon corps de ce qui est réellement moi. Quand il vous manque un chromosome, cela affecte-t-il seulement votre corps, ou est-ce que ça change qui vous êtes vraiment ? Si j'avais tous mes chromosomes, je sais que je n'aurais pas exactement la même apparence. Je serais moins bizarre, sans doute. (*Bye-bye*, la Fiancée de Frankenstein.) Il y aurait de grandes chances que je puisse avoir des enfants. Et est-ce que je serais aussi obsédée par des concours pour lesquels je ne suis pas prête ?

Probablement. Est-ce que ce serait plus facile pour moi de parler à une amie dont la grand-mère vient de mourir ? Est-ce que j'aurais moins de mal à faire mes devoirs de maths dans une chambre d'hôpital ? Probablement pas.

Je n'en sais rien, en fait. Je n'ai pas tous mes chromosomes. Tout ce que j'ai, c'est moi.

QU'ON EST BIEN CHEZ SOI

Par une journée gris bleuté, ma mère m'envoie une photo alors que je suis en cours.

D'habitude, je suis une élève sérieuse. Je garde mon téléphone éteint et rangé, comme l'exige le règlement. Mais dans la semaine qui suit l'opération du cœur de la petite Cecilia, je m'en fiche un peu.

La photo, en revanche, je ne m'en fiche pas.

C'est une photo de Nonny. Elle tient son bébé dans ses bras.

Pour la première fois.

Ce jour-là, quand j'arrive à l'hôpital après les cours, je trouve ma sœur dans la même position.

Nonny est assise dans un fauteuil près de la fenêtre, le tout petit bébé serré contre son épaule, sa tête posée contre son cou. Exactement comme sur la photo. Comme si elle n'avait pas bougé d'un pouce.

Quand j'entre dans la chambre, tout le monde discute à voix basse et se déplace lentement, comme si on était à l'église. Je m'assois au bord du lit et j'admire la petite.

C'est incroyable comme elle a l'air différente, sortie de la couveuse.

On reste tous assis là un moment, à contempler cette personne miniature. Elle est vraiment minuscule. Elle serre ses petits poings et n'arrête pas de griffer l'épaule de Nonny avec ses ongles, mais ma sœur ne bronche pas. Dans la couveuse, ma nièce portait des gants qui lui évitaient de se griffer, mais là, elle est enveloppée d'une couverture, tout contre sa maman.

Nonny lève les yeux vers moi et me demande :

– Tu veux la prendre ?

Pendant une seconde, je ne sais pas quoi dire. Dois-je accepter ? J'ai déjà semé la pagaille. Qu'est-ce qui me dit que je ne vais pas recommencer, voire faire quelque chose de pire ?

Puis je pense à ce que Mme Trepky a dit sur le courage. Il ne va rien arriver de grave. La pièce est pleine d'adultes qui veilleront à ce que tout se passe bien.

Alors je déglutis, hoche la tête et m'assois à la place de Nonny.

Lentement, doucement, elle installe le nourrisson dans mes bras, comme si elle me confiait la chose la plus précieuse au monde. Ce qui est le cas. Il y a tant de perfection dans cet être minuscule que je dois procéder par étapes.

Ma nièce est réveillée et m'observe. Elle a de grands yeux marron mouchetés d'or, comme son père, et les lèvres délicates, parfaitement dessinées, de Nonny. Elle fait une petite moue lorsqu'elle me regarde en face.

– C'est ta tante, souffle Nonny en caressant la tête du bébé. La meilleure tata au monde.

Très lentement, j'écarte la couverture sur le flanc gauche de Cecilia. Je vois la cicatrice sous son bras : une minuscule entaille qui barre son cœur rafistolé. La peau est encore rose et enflée. Ceux qui l'ont soignée sont des héros. Ce sont des scientifiques. Des magiciens.

Juste à ce moment-là, je me souviens de l'un de mes mots préférés. Ce n'est pas un mot que j'ai appris en cours. Je l'ai découvert seule, dans un documentaire à la télé. *Kintsugi.* C'est du japonais. Dans le Japon ancestral, les artisans spécialisés et les artistes ne jetaient pas leurs magnifiques bols et théières lorsqu'ils étaient fendus. Ils faisaient fondre de l'or et colmataient les fissures, peu importait leur taille. Ils les colmataient jusqu'à ce que la céramique soit zébrée d'or scintillant et que l'objet soit encore plus beau qu'il l'était avant. L'objet le plus beau qu'ils aient jamais réalisé. C'est ça, le *kintsugi.*

Et voici notre nouveau bébé : colmaté, scellé et zébré de l'or le plus pur. J'effleure la cicatrice.

Je me rends compte que Cecilia Payne et l'univers m'ont donné précisément ce que j'ai demandé.

La petite Cecilia est là, dans mes bras, et elle respire, bien vivante.

Voilà ce que signifie la cicatrice.

Et cette cicatrice la rend parfaite.

L'ENTOURAGE DE MON ENTOURAGE

Le soir même, pour la première fois depuis la naissance de Cecilia, je repense à M. Hickman.

Dans ma tête, il a perdu le privilège d'être désigné par un nom normal. Maintenant, je l'appelle M. Face-de-pet Proutman.

Étendue sur mon lit, la couverture dans mes poings serrés, je le revois en boucle jeter mon enveloppe à la poubelle. Je me repasse la scène au point de sentir mon visage chauffer et de ne plus pouvoir rester allongée. Du coup, je me mets à faire les cent pas devant mes affiches. (Finalement, j'ai décidé de les remettre après avoir tenu la petite Cecilia contre moi.)

Comment a-t-il pu faire une chose pareille ? Pour qui se prend-il, ce M. Proutman, pour m'avoir ignorée ainsi et s'être débarrassé de mes lettres ? C'est comme si, lorsque j'ai eu dans les bras ma nièce magnifique et parfaite, le ballon d'inquiétude qui avait pris toute la place dans ma tête et dans mon cœur s'était dégonflé. Sauf que, maintenant, une colère noire profite de l'espace disponible pour m'envahir.

Ma nièce est magnifique et parfaite. *Vous avez entendu, monsieur Proutman l'éditeur ? Elle est parfaite ! Elle n'a pas besoin de vous !*

Puis je pense à Cecilia Payne.

Je m'immobilise et replie mes orteils sur la moquette, comme pour ancrer les pensées qui tourbillonnent en moi. Quand je songe à Cecilia Payne, je ne parviens pas à obtenir un signal clair, comme si le GPS de mes émotions me recommandait d'aller dans deux directions opposées. J'essaie de ne pas bouger, de mieux capter les signaux. Pour la première fois, je m'adresse à moi-même une question silencieuse.

Depuis l'arrivée du bébé, je n'ai pas parlé à Cecilia Payne, car j'appréhende ce qui se passera si je le fais. J'ai peur d'être fâchée contre elle. De perdre mon héroïne. Oui, le bébé est parmi nous, parfait, en bonne voie de guérison, mais est-ce grâce à l'aide de Cecilia ? Ou m'ignore-t-elle, elle aussi ?

L'heure est venue de lui parler de nouveau.

Même seule dans ma chambre, j'ai toujours des difficultés à trouver les mots qui refléteront fidèlement ma pensée.

Au bout d'une minute de calme, un signal clair me parvient enfin à travers les parasites.

Je savais que la petite s'en sortirait. Elle s'en sortira toujours, dit le signal qui semble émis par Cecilia, mais aussi par Nonny, maman, voire Mme Trepky.

Elle a le même entourage pour l'aider que celui que tu as toujours eu.

Elle est forte, et lorsqu'elle se sentira faible, elle pourra compter sur sa famille.

Elle aura des amis, qu'elle ait du mal à s'en faire ou pas.

Elle a toute une équipe de scientifiques et d'anges et même d'anges scientifiques qui veilleront sur elle.

Elle t'aura, toi.

PREMIÈRES RÈGLES

Le lendemain, j'ai enfin l'impression d'avoir repris les cours pour de bon.

Il y a un million de photos de la petite Cecilia que je voudrais montrer à Talia. Penser à mon amie me rappelle que j'ai oublié de lui demander comment s'est passé son concours de poésie.

Avant la première sonnerie, je cours aussi vite que possible dans les couloirs, dans l'espoir qu'elle me pardonnera d'être aussi nulle en amitié. Je la trouve devant son casier, en train de ranger des livres dans son sac.

C'est là que je vois son visage de près. Elle plisse les yeux et la bouche comme si elle avait envie de vomir.

Je lui demande :

– Est-ce que ça va ?

– Oui, répond-elle sobrement.

Son teint est un peu grisâtre. Elle a beau dire le contraire, elle n'a pas l'air dans son assiette.

– Tu en es sûre ? Tu te sens bien ?

– Oui, oui. J'ai mal au ventre, c'est tout.

– Tu ferais peut-être mieux de rentrer chez toi. Tu veux qu'on aille à l'infirmerie ?

– Non, non.

Elle regarde ses chaussures. À présent, elle a l'air plus gênée que malade. Elle enroule autour de son doigt une mèche de ses cheveux bouclés, observe le couloir à droite et à gauche, puis se rapproche de moi.

– En fait, c'est… À mon réveil… Bon, j'ai eu mes premières règles ce matin. Voilà.

– Oh.

Elle s'écarte.

– Je vais bien, c'est juste que ça fait drôle, là.

Elle tapote son bas-ventre.

– Ma mère s'est comportée super bizarrement, comme si j'avais remporté un trophée ou je sais pas… Elle disait : « Oh, ma petite fille ! Ma petite fille qui grandit ! »

Je ne sais pas trop comment réagir parce que j'ai peur d'être encore à côté de la plaque. En plus, mon cerveau n'arrête pas d'émettre des messages contradictoires. Je suis contente que Talia m'ait fait cette confidence, car c'est le genre de chose qu'on raconte uniquement à ses meilleures amies. Mais je sais aussi que moi, je n'aurai jamais mes règles. Du moins pas sans aide extérieure, et pas avant longtemps. Quand je serai plus âgée, je devrai prendre une pilule spéciale pour les déclencher. D'après le médecin, c'est une question de régulation hormonale et de densité osseuse. Maman, elle, dit que je n'aurai pas à m'en préoccuper avant des années et que « ce serait bien si on pouvait carrément m'épargner ce truc trop pénible ».

Alors oui, je ne saurai jamais ce que c'est que d'avoir ses premières règles naturellement.

Je décide de ne pas m'attarder là-dessus car, règles ou pas, je sais que ma mère est déjà fière de moi. Alors, je me mets à penser à un tas de questions. Des questions que je n'ai encore jamais eu l'occasion de poser. Par exemple, est-ce que ça fait mal comme quand on a des maux d'estomac ou comme quand on se prend un coup de poing dans le ventre ? Est-ce qu'il y a beaucoup de sang ? Quand je prendrai le traitement, je n'aurai mes règles que tous les trois ou quatre mois. Alors, si on les a chaque mois, on doit complètement se vider de son sang, non ? Est-ce qu'il faut porter un tampon dès le début ? Est-ce qu'on a du mal à marcher avec ?

Ce n'est sûrement pas le genre de questions à poser quand on est au milieu du couloir au collège.

Et je venais la voir pour autre chose, à la base.

J'insiste :

– Tu es sûre que tu vas bien ?

Elle hoche la tête.

– Je… Pardon de ne pas avoir été très marrante, ces temps-ci, souffle-t-elle. Il s'est passé beaucoup de choses.

– Pareil pour moi, dis-je. Ne t'excuse pas d'être triste pour ta grand-mère ou d'avoir travaillé dur sur ton concours. C'est tout à fait normal !

– Merci.

– Pas de quoi. Et merci à toi d'être… ma poétesse préférée.

Elle rit.

– Bon, en tout cas, fini les répétitions à la pause de midi ! Tu veux qu'on aille manger à la bibliothèque, tout à l'heure ?

Je souris et m'exclame en tapant dans mes mains :

– Avec plaisir ! Au fait, je suis vraiment désolée de ne pas t'avoir demandé comment s'est passé ton concours.

– C'est bon, t'inquiète, répond-elle.

Lorsqu'elle me gratifie d'un de ses rares sourires à fossettes, c'est comme si on reprenait notre relation là où on l'avait laissée. Peut-être en mieux, même.

– Alors ? dis-je en trépignant d'impatience. Ça a donné quoi ?

Le sourire de Talia s'élargit.

– J'ai terminé deuxième.

Je bondis et applaudis encore.

– C'est génial ! Tu es géniale ! Phénoménale !

– Au début, j'étais un peu triste de ne pas avoir gagné. Bon, OK, j'étais carrément verte. Puis j'ai pensé à toi et au courage qu'il te fallait pour parler seule à seul avec cet éditeur débile. Je t'ai imaginée à mes côtés et c'est comme si j'entendais ta voix qui me disait : « La deuxième place, c'est vraiment cool, en plus ça veut dire que tu vas tous leur botter les fesses la prochaine fois ! » C'est là que j'ai décidé d'accrocher mon certificat au mur et de me préparer pour l'année prochaine.

Vous avez déjà vécu ces moments où tout est vraiment merveilleux et excitant, où une amie vous dit qu'elle est contente que vous soyez son amie, et où vous êtes dans une telle effervescence (un autre mot soutenu qui veut dire qu'on est « enjoué et plein d'enthousiasme ») que vous ne savez même plus quoi dire et que vous ne pouvez que couiner ?

– Et le concours du Smithsonian ? s'enquiert Talia. Il te reste encore cinq jours avant la date limite.

Je m'adosse à son casier.

– Oui, mais tu oublies que je n'ai pas réussi à faire figurer Cecilia dans le manuel.

– Et alors ? Il te reste cinq jours pour finir ta lettre et mettre en place le projet qui la fera connaître !

– Cinq jours, c'est peu ! En plus, je ne vois pas ce que je pourrais faire. Je ne sais pas écrire de poésies comme toi, ni jouer d'un instrument de musique, ni peindre, ni dessiner, ni rien de tout ça.

– Oh, allez ! proteste-t-elle. Libby, tu es une des personnes les plus intelligentes que je connaisse. Pas question que tu laisses tomber alors qu'il y a vingt-cinq mille dollars à la clé ! Même si tu ne gagnes pas, tu dois tenter ta chance. Je suis sûre que tu vas en botter, des fesses !

Une voix moqueuse nous interrompt :

– T'es obsédée par les fesses ou quoi ?

Dustin Pierce est devant son casier, plus loin dans le couloir.

Il n'a pas retenu la leçon, on dirait.

Je m'approche de lui.

– Libby ! m'interpelle Talia. Laisse tomber, il n'en vaut pas la peine.

Je continue à marcher vers lui.

– Salut, Dustin, dis-je.

Il me regarde avant de soupirer. Il est beaucoup plus grand que moi.

– Oh non, pas la Fiancée de Frankenstein, se lamente-t-il.

Je demande :

– C'est qui, ton joueur de basket préféré ?

Dustin et Talia se taisent tous les deux. Perplexe, il plisse le front.

– Hein ?

J'insiste :

– Tu aimes le basket, non ? C'est ton truc, pas vrai ? Alors, c'est qui, ton joueur préféré ?

– Ben, c'est évident : Michael Jordan, le meilleur joueur de tous les temps !

– OK, donc tu crois que Michael Jordan a perdu son temps en fourrant des photos de fesses dans les casiers des gens ? À ton avis, il a perdu du temps à trouver des surnoms pour insulter les autres, ou bien il s'est concentré sur quelque chose de plus productif ?

– C'est quoi, ce délire ?

– Pendant que tu es là, à faire une fixette sur les fesses, un autre que toi s'entraîne aux lancers francs, travaille sa technique ou… je sais pas quoi. Mais si lui s'entraîne pendant que toi, tu te focalises sur des photos de popotins, qui sera le meilleur au basket ?

Dustin ferme son casier d'un claquement sec et lève les yeux au ciel.

– Si tu le dis.

Quand je rejoins Talia, elle secoue la tête en souriant.

– T’es tellement bizarre ! s’exclame-t-elle.

– Je sais, dis-je avec un large sourire.

– Pour en revenir au concours du Smithsonian… enchaîne-t-elle.

Comme j’ai maintenant la certitude que Talia est mon amie, et que je m’améliore en questions silencieuses, je comprends facilement où elle veut en venir.

– Je sais ce que tu vas dire, Talia, et je suis d’accord : je n’abandonne pas le concours. Par contre, je vais avoir besoin d’aide pour mon nouveau grand projet. Ça te dit qu’on demande à nos mères si tu peux venir dormir à la maison ce week-end, que je réfléchisse à une nouvelle idée et qu’on s’y mette sans perdre de temps ? Je la soumettrai mardi. Et rien à voir, mais... j’espère que tu n’as pas peur des aiguilles ?

DES ÉTOILES PLEIN LA TÊTE

Armée de stylos neufs et d'un cahier ouvert, je me prépare pour un remue-méninges afin d'être prête lorsque Talia arrivera pour mettre au point le nouveau projet. Je me promène dans la maison, concentrée, mes orteils recroquevillés dans la moquette comme pour déraciner des idées. J'ai passé des mois à travailler dur sur mon projet précédent. Dans ces conditions, difficile de ne pas se sentir découragée. Nonny et Thomas comptent sur moi ! Et moi aussi, j'ai envie d'être fière de moi.

Que pourrais-je faire en un week-end qui soit tout de même digne du premier prix ? Digne de Cecilia ?

Mes pas me portent jusqu'au salon où dort le bébé, dans sa balancelle mécanique. Dans la cuisine, maman, papa et Nonny discutent de leur journée. Faire les cent pas active la circulation sanguine et me donne l'impression d'agir, même si les étincelles que mes idées produisent semblent s'éteindre sitôt apparues.

Je teste la position allongée par terre, les yeux rivés au plafond. Puis allongée sur le canapé, la tête en bas. Je fais des sauts en étoile et me tapote le ventre comme si je jouais du tambour. La porte de l'idée géniale s'est refermée ; pourtant, il doit bien y avoir une fenêtre entrouverte quelque part, non ?

Et d'abord, d'où ça vient, les idées et les projets ? Peut-être que les idées sont des recettes, de la même manière que nos corps. Des recettes composées de nos accomplissements, des gens qu'on connaît et des choses qu'on a apprises. Le cerveau de chacun dispose d'ingrédients que n'ont pas les autres. Dans celui de Nonny, il y a du piano, un bébé et un don pour les conversations. Dans celui de maman, il y a le meilleur gâteau à l'ananas du monde, et dans celui de Mme Trepky… eh bien, il y a tout un tas de trucs, ce qui explique sûrement pourquoi elle est prof.

Dans le cerveau de Cecilia Payne, il y avait des étoiles.

Et dans le mien, alors ? Quels outils ai-je sous la main ? J'observe le salon autour de moi, comme si chaque élément qui m'entourait, de la table d'appoint à l'odeur de viande rôtie qui s'échappe de la cuisine, était un ingrédient potentiel pour une nouvelle idée trop géniale.

La petite Cecilia a fini sa sieste. Complètement réveillée, elle me regarde de ses yeux marron et tout ronds. Elle serre et desserre les poings, me contemple comme si tout ce que je suis et tout ce que je fais était fascinant et totalement nouveau – ce qui est le cas, pour elle. Qu'est-ce que ça fait, d'avoir un cerveau comme ça, si ouvert et rempli de connexions neuronales, comme des mini-explosions brillantes ? Il y a un univers entier en expansion dans la tête de ce bébé.

Il y a des étoiles dans le cerveau de Cecilia.

Il y a des étoiles dans son cerveau.

Voilà, c'est ça ! J'ai trouvé ! Pétrifiée devant ma nièce, je la regarde et laisse mon idée s'installer et s'ancrer, de peur qu'elle s'envole si jamais je bouge. Ni la petite, ni moi ne clignons des yeux tandis que l'idée tourbillonne devant moi jusqu'à ce qu'il s'en dégage quelque chose de concret.

L'idée est audacieuse, ça oui. Et ça va marcher.

Je sautille jusqu'à la petite Cecilia et dépose un baiser sonore au sommet de son crâne.

Quand Talia arrivera, je serai prête.

Oyez, oyez, membres de la communauté scientifique ! me dis-je. *Accrochez vos ceintures, Libby Monroe a un tout nouveau projet !*

CE QU'IL Y A DANS LE CERVEAU

Quand Talia arrive chez moi, le lendemain, je lui expose ma nouvelle idée.

Elle aussi la trouve audacieuse.

(Et au cas où vous vous poseriez la question, elle n'a pas peur des aiguilles.)

Je ne sais pas si les gens de l'institut vont trouver ce projet aussi formidable que le fait d'obtenir d'un éditeur qu'il parle de quelqu'un dans un ouvrage, mais mon idée est à la fois étrange et drôle à réaliser, un peu comme la tarte à la barbe à papa de ma mère. Il faut au moins que j'essaie.

Ce projet va nous occuper tout le week-end, et cette fois, chacun sera mis à contribution.

Quand on met en pratique un projet audacieux, il faut procéder par étapes :

1. Maman appelle Mme Lopez, la principale, pour savoir si mon projet ne lui pose pas de problème. Cette dernière donne son accord.

2. Papa achète au magasin trois longues bandes de papier cartonné noir. Mises bout à bout, elles mesurent plus de trois mètres cinquante.

3. Il fait aussi des impressions couleur de plein de tomographies de cerveaux (pas plus grosses qu'un grain de raisin) que Talia et moi avons trouvées sur Internet. Les tomographies, ce sont des photos prises par les médecins avec une machine spéciale. Le résultat est très coloré : bleu, vert, jaune, orange… Quand on commence à procéder à l'agencement des images sur les posters géants, papa s'emballe et me parle mise en page et composition.

4. Pendant que la petite Cecilia dort, Nonny nous aide à découper tous les cerveaux.

Ça nous prend le week-end entier, mais quand arrive lundi, mon projet est terminé.

Et quel projet !

Imaginez un peu : vous marchez dans le couloir principal de votre collège et vous voyez un long poster noir accroché au mur, près de l'accueil. Au début, vous pensez qu'il s'agit d'une simple nuit étoilée, puis vous réalisez qu'il s'agit d'une carte du ciel, avec ses nombreuses constellations. Vous repérez la Grande Ourse, la ceinture d'Orion et le Capricorne. Puis, quand vous vous approchez, vous comprenez que ce que vous aviez pris pour des astres fluo n'en sont pas du tout, en réalité.

Ce sont des cerveaux.

Des cerveaux qui brillent dans un ciel noir comme la nuit.

Voilà quelque chose que vous n'oublierez pas de sitôt.

Puis, dans la continuité de ce premier poster, vous en trouvez un deuxième, avec le portrait en noir et blanc d'une femme à l'expression déterminée. Vous apprenez qu'elle s'appelle Cecilia Payne-Gaposchkin et qu'elle a découvert de quoi sont faites les étoiles. Vous lisez des informations sur son travail, sur les gens qui lui ont tendu la main et ceux qui ne l'ont pas aidée. Vous apprenez que les étoiles sont composées d'une poignée d'éléments chimiques et que les pensées sont également faites de ça. Ajoutez-y du fluo et saupoudrez le tout d'un peu de magie.

De la magie comme les trous noirs, les rêves et les battements cardiaques.

De la magie comme les professeurs, les chromosomes et les amis.

En contemplant les constellations, vous vous demandez peut-être : *Et mes étoiles à moi, de quoi sont-elles faites ?*

UN MOIS PLUS TARD

De : Sabaa Bukhari <sabaabukhari@smithsonian.org>

À : Libby Monroe <docteurlibby@bvsd.com>

Objet : Femmes du pôle scientifique – concours du Smithsonian

Chère Libby,

J'ai le plaisir de vous informer que vous êtes la lauréate de votre catégorie dans le cadre du concours organisé par le Smithsonian sur les femmes du pôle scientifique. Par conséquent, votre établissement scolaire se verra attribuer une bourse de vingt-cinq mille dollars pour son propre pôle scientifique. Cette année, sélectionner les gagnants de chaque catégorie ainsi que le lauréat du premier prix s'est révélé particulièrement difficile à cause du nombre très élevé de candidatures que nous avons reçues. Aussi, nous nous réjouissons de vous compter parmi nos vainqueurs.

Votre lettre sur Cecilia Payne-Gaposchkin reflète vos connaissances, vos capacités à mener des recherches, votre savoir-faire et votre passion. Ce sont les qualités que nous recherchons chez nos gagnants. Nous avons été très intrigués par la description de votre ciel étoilé composé de cerveaux, exposé dans votre collège. Nous avons tant aimé les photos que nous regrettons de n'avoir pas pu le voir sur place. Votre lettre brillante est une source d'inspiration.

Une fois de plus, félicitations ! Je suis convaincue qu'à l'avenir vous aurez de grandes choses à offrir au monde.

Sabaa Bukhari
Smithsonian Institution

QUAND JE MONTRE LE MAIL À MA FAMILLE

Ce que dit mon père :

– Tu entends ça, Albert Einstein ? La relève est assurée !

Ce que dit ma mère :

– Je ne pensais pas qu'il était possible d'être aussi fière de ses enfants.

Ce que dit Nonny :

– C'est génial ! T'es incroyable, frangine !

Ce que dit Thomas dans son message :

– Tu es mon héroïne !!

Ce que dit la petite Cecilia :

– Gaaa.

Ce que dit Talia, ma meilleure amie venue dîner à la maison :

– La deuxième place, c'est vraiment cool, en plus ça veut dire que tu vas tous leur botter les fesses la prochaine fois !

Ce que dit mon cerveau : *JE NE COMPRENDS PAS CE QUI SE PASSE.*

Ce que dit aussi mon cerveau : *C'est un truc à classer dans les bonnes choses ou dans les mauvaises choses ?*

C'est ça, gagner ?

Ou bien est-ce que j'ai perdu, puisque après tout, je n'ai pas remporté la récompense pour Nonny ?

UN DIMANCHE ORDINAIRE

Mes parents sont partis rendre visite à un ami hospitalisé. À la maison, il n'y a que Nonny, la petite Cecilia et moi.

Thomas aura fini son contrat dans deux jours. Ensuite, Nonny, Cecilia et lui s'envoleront pour Chicago et retourneront chez les parents de Thomas. Là-bas, il cherchera un nouveau travail.

J'ai reçu beaucoup de compliments sur mon exposition, au collège. Mme Trepky m'a attribué des points en plus, même si elle m'a assuré que je n'en avais pas besoin. Mme Lopez a dit qu'elle était très fière de moi. Moi aussi, je suis fière. C'est super d'être la lauréate de ma catégorie, et je fais de mon mieux pour m'en satisfaire. Cela dit, je regrette quand même de ne pas en avoir assez fait pour Nonny. À hauteur de ce qu'elle méritait.

Alors que je m'attelle à mes devoirs de maths (beurk) dans le salon, j'entends Cecilia pleurer. Ses petits cris s'apparentent presque aux bêlements d'un agneau, ce qui contribue à les rendre encore plus déchirants. Au bout de plusieurs minutes, comme elle ne s'arrête pas, je fonce dans le couloir puis vers la chambre.

Ma sœur ne se fâche jamais quand on la réveille d'une sieste. Du coup, je n'ai pas de scrupules à passer la tête dans l'entrebâillement de la porte. Nonny ne dort pas. Elle fait des allées et venues devant la fenêtre en faisant tressauter doucement Cecilia dans ses bras. La petite serre les poings. Des pleurs à vous briser le cœur s'échappent de sa bouche grande ouverte. Nonny a des cernes sous les yeux et les cheveux en pétard.

Je lui demande :

– Est-ce que tout va bien ?

Je sais que ça ne va pas, mais je ne vois pas quoi dire d'autre.

Même la voix de Nonny me paraît sous pression.

– Elle vient de manger, elle a fait son rot et tout ce qu'il faut. Elle n'arrête pas de pleurer et refuse de dormir.

Je me dirige vers elles deux, les bras tendus. Avant que Nonny puisse protester, je récupère le bébé en prenant soin de bien soutenir sa petite tête, comme maman me l'a montré. Maintenant, je suis assez entraînée ; du coup, je n'ai même plus peur de marcher avec Cecilia dans les bras.

– Je vais m'occuper d'elle, dis-je. Toi, va te coucher.

– C'est gentil, Lib, mais…

Désignant le lit d'un signe de tête, j'insiste :

– Non. Dodo.

Nonny s'assoit sur le lit sans toutefois s'allonger. Dans mes bras, Cecilia a le hoquet.

– Nonny ?

Ma sœur me regarde, la main dans les cheveux. Je comprends à son expression qu'elle me pose une question silencieuse.

Je poursuis :

– Désolée de ne pas avoir remporté le premier prix. Je suis lauréate de ma catégorie, mais il y avait vingt-cinq mille dollars pour le grand gagnant, et ça aurait pu couvrir les frais d'un loyer, contribuer à l'achat d'une maison ou… permettre à Thomas de rentrer.

Nonny me scrute avec attention. Elle a les cheveux en bataille, mais ses yeux brillent. Je fais sautiller Cecilia une ou deux fois.

– C'est ce que tu… commence ma sœur avant de s'interrompre.

– Désolée de ne pas avoir fait plus, dis-je

Nonny tapote la place à côté d'elle sur le lit.

– Viens t'asseoir.

Je m'exécute tout en continuant à faire tressauter Cecilia contre mon épaule.

– Libby, souffle Nonny. Je vais te dire quelque chose et je veux que tu ouvres bien tes oreilles, d'accord ?

J'acquiesce. Je songe à un autre mot un peu soutenu appris en cours : « appréhension ».

– Pour ma fille, je ne souhaite qu'une seule chose, reprend ma sœur. Peu importe comment Thomas et moi on se débrouillera. On y arrivera. Je sais que je suis… angoissée et stressée par les problèmes d'argent et de boulot, mais on va s'en sortir. En revanche, tu sais ce qui compte ? Tu sais ce que je veux que ma fille ait dans sa vie, plus que tout ?

Elle pose une main sur le lit, de sorte que son bras se retrouve autour de moi. De l'autre, elle prend les doigts de Cecilia dans les siens.

– Ce que je veux, poursuit-elle, c'est que ma fille puisse suivre un modèle de courage. Quelqu'un qui soit plus courageux que je le serai jamais. Quelqu'un de tellement généreux qu'il ne s'en rend pas compte. L'argent est le cadet de mes soucis tant que ma fille peut grandir en te prenant pour modèle.

C'est là que je sens en moi un truc chaud se multiplier, comme en pleine expansion. Une supernova silencieuse. Je serre ma nièce contre moi et me laisse aller contre Nonny. Nous restons longtemps ainsi toutes les trois, dans un cocon silencieux.

Je me suis trompée. Quand on défend ceux qui sont fragilement enthousiastes, ça ne veut pas dire qu'il n'y aura pas de gens blessés. Car les blcssures sont là. Elles font partie de la vie, au même titre que l'herbe, les arbres, les nuages et les étoiles. Défendre ces gens-là, ça veut dire accueillir les blessures quand elles arrivent, sans céder, sans faillir, quoi qu'il en coûte. Être une étoile Polaire brillante, constante, dans un ciel plein de turbulences. Les cicatrices et les bleus qu'on reçoit ou qu'on donne ne sont qu'une partie de la carte des étoiles.

Et il n'y a pas plus chanceux que moi. Personne d'autre n'a d'étoile Polaire à soi plus brillante, plus réconfortante.

– Tu vas me manquer, dis-je.

– Toi aussi, énormément, souffle Nonny. On se parlera souvent en vidéo.

Les pleurs de Cecilia reprennent. Je la fais rebondir un peu et l'embrasse doucement sur le haut du crâne.

– Est-ce que… je peux t'être utile maintenant ?

Les épaules de Nonny, épuisée, s'affaissent.

– Oui, s'il te plaît. Merci. Merci beaucoup.

– OK. Une seconde.

Je pose la petite Cecilia sur le lit. Tandis que ses pleurs redoublent, je fonce dans le salon et attrape un livre. À mon retour, Nonny est allongée à côté de sa fille et lui caresse la tête comme si elle lui appliquait un baume apaisant.

Je m'allonge auprès d'elles et souffle sur le ventre de Cecilia, ce qui la distrait suffisamment pour réduire ses pleurs à un *bêêê* intermittent. Puis je tiens le livre à hauteur de ses yeux. La couverture aux couleurs vives lui plaît.

J'ouvre la première page, puis je lis en prenant ses doigts un à un :

– La petite poule de grand-mère a pondu un œuf. Celui-ci l'a cherché. Celui-ci l'a trouvé. Celui-ci l'a fait cuire. Celui-ci l'a mangé… Et le petit riquiqui, il n'a rien fait du tout !

J'ajoute, examinant les minuscules doigts de ma nièce dans les miens :

– Hmm, tes doigts à toi sont tous riquiqui, pas vrai ? En fait, ça s'appelle des phalanges. Et les parties qui sont juste là, sous les articulations, ce sont tes métacarpes.

Quand j'observe son visage, je vois qu'elle me regarde avec attention, écarquillant ses grands yeux mouchetés d'or. D'après les médecins, elle se porte bien, mais c'est vraiment grâce aux petites taches dorées que je sais qu'elle est sortie d'affaire. Les filles qui ont de l'or dans les yeux sont là pour accomplir de grandes choses.

Cecilia replie les doigts sur mon index. Je lui lis d'autres comptines. Elle bâille, puis je l'imite. Nonny a déjà les yeux fermés et respire profondément. La lecture terminée, la petite a les paupières closes, elle aussi. Je regarde son ventre se soulever lentement et s'abaisser. Se soulever, et s'abaisser. Je pose ma tête à côté de la sienne et ferme les yeux à mon tour.

À QUOI SERT L'HISTOIRE

Même si ce n'est pas mon anniversaire le jour de mon exposé sur Cecilia Payne, maman me prépare mes pancakes aux pépites de chocolat préférés pour le petit déjeuner. Papa glisse un dessin dans mon sac de pique-nique ; il nous a représentées, Cecilia Payne et moi, nous balançant accrochées à deux étoiles filantes.

Je sais que mon PowerPoint déchire. J'ai travaillé dessus d'arrache-pied, jusqu'à ce qu'il soit digne de son sujet. Je suis prête.

– Elle est née le 10 mai 1900, au Royaume-Uni, dis-je à mes camarades de classe.

Je leur montre des photos de Cecilia en robe, coiffée de boucles crantées. En plus d'être intelligente, elle avait un super style. Dustin n'a même pas matière à se moquer.

– Elle a fait des études d'astronomie. Elle a été la première femme nommée directrice d'un département à Harvard. Elle a découvert que les étoiles sont composées essentiellement d'hydrogène. Pumbaa, dans *Le Roi lion*, avait donc raison quand il disait que les étoiles étaient des bulles de gaz.

J'entends des rires discrets, ce qui me fait plaisir.

Je leur raconte que Cecilia a étudié la structure de la Voie lactée et qu'elle est la première personne à avoir obtenu un doctorat au Radcliffe College.

– Récemment, j'ai tenté de la faire figurer dans notre manuel d'histoire, dis-je. Je sais que ça ne faisait pas partie du travail demandé, mais Cecilia a fait des découvertes majeures en astronomie et je trouve qu'elle mérite d'y être. Hélas, mes démarches n'ont pas abouti.

Soudain, Dustin lève la main.

Même si j'ai peur de m'en prendre plein la tête, je lui donne la parole.

– Et toi, pourquoi t'écrirais pas un livre sur elle ? me demande-t-il.

Le sourire de Mme Trepky remonte jusqu'à ses cheveux noirs. Je ne l'avais encore jamais vue si fière.

– Voilà qui me paraît une brillante idée ! approuve-t-elle en nous regardant tour à tour, Dustin et moi.

Je termine mon exposé. Je suis contente de m'être bien entraînée et d'avoir soigné mon diaporama, car une partie de mon cerveau est occupée par la question de Dustin. Je sais qu'il va me falloir beaucoup plus de temps pour y réfléchir. Est-ce possible d'écrire un livre, quand on n'a que douze ans ?

Plus tard, en cours, Talia récite un poème qu'elle a écrit sur Ala Tamasese, une des cheffes du mouvement Mau pour les femmes, les Combattantes de la paix, qui a abouti à l'indépendance des Samoa. Talia porte un lavalava bleu marine barré d'une bande blanche. Elle explique que c'est le pagne que portaient les Combattantes de la paix dans les Samoa occidentales. Son exposé est le plus marquant de tous. Dustin nous passe une vidéo qu'il a réalisée sur James Naismith, l'inventeur du basket. Même si on voit essentiellement Dustin faire des démonstrations de lancers francs, il nous apprend qu'au début, les joueurs utilisaient des paniers vides servant à transporter des pêches.

Tous les élèves ont travaillé sérieusement, y compris Dustin qui a fait de son mieux pour son film. J'en déduis qu'il apprécie ce cours, même s'il ne l'avouera jamais. Mme Trepky doit avoir des pouvoirs secrets pour arriver à motiver quelqu'un comme lui.

Je nous imagine, Talia et moi, déjeuner très souvent avec Mme Trepky quand nous serons adultes, dans quelques années. Je me demande si c'est bizarre de s'imaginer en train de manger avec sa prof, mais je m'en fiche. Je m'en fiche parce que c'est quelqu'un de génial avec qui parler, exactement comme Cecilia, Rosalind et Eleanor. M'imaginer déjeuner très souvent avec Mme Trepky et Talia me donne la sensation d'enfler, comme si j'allais de nouveau devoir être opérée du cœur. Le moindre détail dans la salle, du crayon à papier sur mon bureau aux marques dans le linoléum, m'inonde de reconnaissance et de joie jusqu'à ce que ce soit presque trop pour un seul corps. Et ça, ce n'est que pour cette salle de classe. Il y a aussi l'univers et ses étoiles. Il y a mes parents et ma sœur. Il y a Cecilia et la petite Cecilia. Surtout la petite Cecilia.

En contemplant ce monde, je me dis que naître avec un cœur trois fois trop gros valait bien quelques cicatrices.

LA LAURÉATE DE LA CATÉGORIE CINQUIÈMES-QUATRIÈMES DU CONCOURS SUR LES FEMMES DU PÔLE SCIENTIFIQUE DU SMITHSONIAN

Chers membres du jury,

Malgré mon jeune âge, ce que vous allez lire dans cette lettre est primordial.

Un jour, ma professeure d'histoire a dit que si on avait un manuel pour répertorier tous les gens qui comptent, il nous faudrait un manuel pour chaque personne. Je pense qu'elle a raison. Mais pour l'instant, je voudrais vous parler de quelqu'un qui ne figure pas dans mon manuel d'histoire.

Cecilia Payne-Gaposchkin est l'astronome qui a découvert la composition des étoiles. Elle en a parlé en 1925 dans sa thèse de doctorat, à Harvard.

Un scientifique lui a dit qu'elle s'était trompée ; pourtant, après plusieurs années, cette personne a publié les mêmes résultats qu'elle. Aujourd'hui, l'université Harvard où Cecilia a enseigné propose une série de cours qui porte son nom.

Cecilia est née en Angleterre. À l'époque, comme elle pensait ne rien pouvoir faire d'autre dans son pays natal qu'enseigner, elle a émigré aux États-Unis pour augmenter ses chances de réussite. Alors qu'elle étudiait l'astronomie, elle a découvert que le Soleil et les autres étoiles étaient principalement composés d'hydrogène, même si ses contemporains n'étaient pas du tout de cet avis. Elle a également étudié la Voie lactée et l'évolution des étoiles.

Grâce à toutes ses découvertes, elle n'a pas seulement changé le monde : elle a changé notre point de vue sur l'Univers.

Je suis atteinte d'une maladie génétique appelée syndrome de Turner. Cela signifie que je n'ai qu'un seul chromosome X et non deux comme les autres filles. C'est l'un des éléments qui me composent, moi. Je suis aussi composée de tartines grillées, d'amour, de blouses blanches et des membres de ma famille, y compris une nièce toute neuve qui s'appelle également Cecilia. Elle et moi avons gardé une longue cicatrice à la suite d'une opération du cœur. Les étoiles sont faites d'éléments chimiques lumineux, d'énergie et de chaleur, et peut-être que les cicatrices servent à nous montrer qu'on est faits de ça, nous aussi.

C'est l'une des raisons pour lesquelles Cecilia Payne est une source d'inspiration pour moi, jeune fille atteinte du syndrome de Turner. Cette femme a découvert des choses nouvelles et merveilleuses sur les étoiles et la galaxie, alors que des tas de gens l'en croyaient incapable. Elle a découvert que, même si certaines étoiles sont énormes, d'autres petites, certaines rouges, d'autres blanches, certaines rondes, et d'autres asymétriques ou tachetées, elles ont toutes la même composition.

Dans le département d'astronomie de Harvard des années 1920, Cecilia se sentait peut-être un peu à part en tant que femme. Je sais que moi, en tant que fille à qui il manque un chromosome, je me sens parfois un peu à part. Mais au final, si on ne se base que sur les atomes, on se rend compte qu'on est tous faits de la même matière, comme les étoiles.

C'est pourquoi, dans le cadre de mon projet visant à faire connaître Cecilia Payne, j'ai choisi d'exposer dans mon collège un travail combinant les étoiles et des tomographies de cerveaux humains. J'ai assemblé une longue affiche noire représentant un ciel nocturne, sur laquelle j'ai reporté les constellations en respectant les proportions. Au lieu des étoiles, j'ai découpé de petites images de cerveaux roses, verts, bleus, etc. Des couleurs vives qui ressortent bien sur le fond noir.

Lorsque mes camarades passent devant ce grand poster, ils peuvent aussi voir un portrait de Cecilia avec sa biographie et ses découvertes en astronomie. Après avoir lu son histoire et appris son nom, ils penseront peut-être à elle la prochaine fois qu'ils contempleront le ciel nocturne. Ou qu'ils s'interrogeront sur la composition des étoiles.

Ce n'était pas le projet que j'avais au départ. J'avais une autre idée, sur laquelle j'ai longtemps travaillé. Mais, comme Cecilia, j'ai eu du mal à convaincre les gens de prendre mon idée au sérieux. Certaines personnes dont j'avais besoin pour mener à bien ce projet n'étaient pas encore tout à fait prêtes à m'écouter. Ma première réaction a été de baisser les bras, de ranger ma « thèse de doctorat » dans un tiroir. Mais s'il y a une chose que j'ai apprise grâce à Cecilia, c'est qu'il faut garder les yeux tournés vers le ciel, pour comprendre de quoi on est fait, et persévérer, sans perdre de temps ni d'énergie à accuser les autres. Une nouvelle idée a germé. Cette fois, j'étais entourée des bonnes personnes et nous avons pu nous mettre au travail.

Savoir ces choses sur les étoiles, est-ce réellement important dans la vie ? Selon moi, oui. C'est essentiel. Cela contribue à nous rappeler que tout ce qui nous paraît trop grand, trop brillant pour notre compréhension ou trop éloigné, hors d'atteinte, est composé des mêmes ingrédients qui nous composent, nous. Quand vous savez que vous êtes fait pour quelque chose, que ce soit la boulangerie, l'enseignement, la neuropsychologie, la maternité, le football, l'ingénierie dans la NASA ou le rap, tout ce dont vous avez besoin existe déjà.

Je pense que si Cecilia était encore parmi nous, elle dirait : « Je sais de quoi sont faites les étoiles. Et vous, êtes-vous prêts à le découvrir ? »

Libby Monroe

Collège Camilla

REMERCIEMENTS

Tout d'abord, merci à mes parents. Un seul d'entre vous a cafouillé en me transmettant son ADN, mais je vous dois quand même des remerciements à tous les deux. Merci d'avoir toujours cru en moi et de m'avoir traitée comme si j'avais les mêmes capacités que tout le monde ; de n'avoir jamais considéré qu'un chromosome manquant était quelque chose qui m'empêcherait d'avancer ; d'avoir toujours eu des piles de livres à disposition chez nous, et de n'avoir pas bronché quand je vous ai annoncé mon intention d'être écrivaine.

À mes frères et soeurs : c'est votre faute à tous les sept si tout ce que j'écris est une « histoire de fratrie ». Merci de partager mon enthousiasme. Je lève ce churro Disneyland en votre honneur. Et merci à mes grands-parents, mes racines, mon refuge, mon soutien éternel.

Au docteur Swineyard, le pédiatre endocrinologue le plus génial du monde. Les passages où Libby dit aimer les cabinets médicaux, c'est à vous que je les dois.

Ce livre a pu voir le jour grâce à la petite armée de professeurs d'écriture qui est derrière moi. Cette armée formidable inclut mes premiers professeurs d'anglais et d'écriture créative, au collège et au lycée, M. Matt et M. K. Je n'aurais pas pu recevoir de plus beau cadeau que votre foi dans mes premières productions et votre intérêt sincère lorsque j'avais treize ans, alors merci. Merci à John Bennion, Chris Crowe, Dawan Coombs, Bruce Young, Steve Tuttle et à tout le département d'anglais de l'université Brigham Young. Un merci particulier à Martine Leavitt : c'est dans son cours que j'ai écrit le premier jet de ce roman. Le fait que je reprenne mes études et que vous soyez là pour un semestre en tant que professeure invitée n'a rien d'une coïncidence, j'en suis persuadée.

Un immense merci à tous mes fantastiques soutiens et amis auteurs que j'ai rencontrés au fil des années. À Kim, Jessica, Jen, Tiffany, Bridey et à mes colocataires, mes amis miraculeux. À Kristy, Tesia, Amanda et Madeleine pour m'avoir laissée être bizarre même en troisième cycle universitaire. À Elise-Merry, Amanda-Pippin, Kinner-Sam et Bobby-Frodon, de la part de Sarah-Sméagol, pour m'avoir laissée être bizarre dès le départ. À mes mentors-étoiles Polaires Cindy Baldwin, Amanda Rawson Hill et Ellie Terry ; à tous les autres merveilleux mentors de PitchWars, et à mon équipe PitchWars du cru 2016 pour son soutien infaillible. Sans vous, je serais complètement perdue.

À Brianne Johnson, superagente et marraine bonne fée : merci, merci d'avoir été la première à lire l'histoire de Libby et d'avoir pensé qu'elle méritait d'être racontée. Tu es une magicienne, tu exauces les vœux, et je n'arrive pas à croire la chance que j'ai eue d'avoir été découverte par quelqu'un d'aussi compétent que toi. À Brianne, Allie Levick et toute l'équipe de Writers House : merci. Merci à Melissa Warten d'avoir défendu ce livre et pour ses recommandations éditoriales qui ne manquaient jamais de me faire siffler d'admiration en pensant : *Bon sang, ce qu'elle est forte !* Si ce roman brille, c'est grâce à vous. À Melissa et toute l'équipe de Farrar, Straus and Giroux / Macmillan, merci de nous avoir embarquées, Libby et moi.

Enfin, à toutes les filles nées avec un chromosome manquant : je sais que nous vivons chacune différemment avec le syndrome de Turner, mais c'est pour vous que j'ai écrit cette histoire. Mon souhait le plus cher est de vous rencontrer un jour. Si à l'avenir nous nous croisons, dites « Cecilia Payne » et je vous serrerai dans mes bras. Vous êtes constituées de la même matière que les étoiles. Voilà ce que je crois : selon moi, ce qui est à l'origine des étoiles, à l'origine de l'univers, est aussi à votre origine. Vous êtes les créations les plus parfaites et les plus précieuses, exactement telles que vous êtes.

I love you